U0134863

瑞蘭國際

瑞蘭國際

大家的西班牙語

¡Hola! Español para todos

José Gerardo Li Chan 著

Esteban Huang 譯

大家的西班牙語
¡Hola! Español para todos

《大家的西班牙語A1》出版後，獲得許多西班牙語教師與學習者選用為西班牙語的教科書或自學書籍。參酌讀者的回饋與建議，以及作者近幾年教學的經驗與社會變遷，本書推出全新修訂版，期望能繼續陪伴讀者邁出學習西班牙語的第一步。

西班牙語（español）是世界第三大語言，全球約有三億多人的母語是西班牙語，更有二十個國家和聯合國、歐盟、非洲聯盟，都把西班牙語當作官方語言。當您學會西班牙語，就可以走遍下面的西語系國家：西班牙、墨西哥、哥斯大黎加、薩爾瓦多、瓜地馬拉、宏都拉斯、尼加拉瓜、巴拿馬、哥倫比亞、委內瑞拉、玻利維亞、厄瓜多、祕魯、烏拉圭、巴拉圭、阿根廷、智利、古巴、多明尼加、赤道幾內亞。

《大家的西班牙語A1》是一本著重溝通和實用功能的西班牙語學習書，希望幫助每個西班牙語的初學者，都能以輕鬆有趣的方式快速掌握西班牙語。全書按照歐洲共同語言標準（Marco común europeo de referencia para las lenguas）的A1等級編寫，兼顧語言使用的個人、社交、職業和學術等層面，透過字母發音、文法結構、基本句型、常用字彙、生活會話、自我學習測驗等內容，提升西班牙語初學者的學習動機和成效。

《大家的西班牙語A1》的編寫特色如下：

特色1 從西語發音、拼音和重音開始學習，打好學習基礎。

特色2 「西班牙語文法」，以清晰、簡潔的方式介紹文法規則，讓您快速理解文法架構。

特色3 「馬上開口説西語」，精選各種場合與職業所需的生活化與專業性西語字彙，現學現用最實在。

特色4 「西班牙語我最行」、「西語動詞真簡單」，呈現各種常用的西語句型，幫助您迅速説出正確、漂亮的西語。

特色5 「西語會話開口説」，精心設計各類生活會話，幫助您能在各種情況都能用西語表達自己的想法。

特色6 「西語動詞加油站」，延伸西語動詞的八種主詞變化，透過一目了然的表格，幫助您統統一次掌握！

特色7 全書內容皆由專業西班牙語教師，以正常語速錄製MP3朗讀光碟，讓您沉浸在西語環境，自然而然學好西語。

特色8 「一起來用西語吧！」，提供自我學習檢測題目，聽説讀寫一手抓。

特色9 每課一開始皆有一句精選的西語片語及常用句，讓您加速掌握西語人士的日常用語。

特色10 同時呈現西班牙和拉丁美洲兩大地區不同的西語用語或説法，讓您一書在手，不論跟哪個地區的西語人士都能輕鬆溝通無阻礙。

學習一種語言，就是打開一扇通往新世界的大門，讓我們可以接觸新文化、結交新朋友，使生活變得更精彩。一起來學習西班牙語吧！讓《大家的西班牙語A1》帶領您進入西語系國家的繽紛文化、美味飲食和迷人景致。¡Ánimo!（加油！）

José Gerardo Li h. 李文康　Esteban 黃國祥

如何使用本書

Unidad 1 學習西班牙語「基本發音」

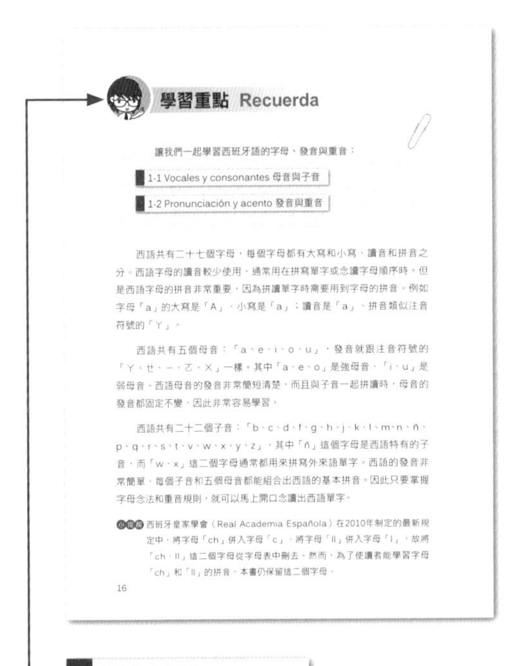

學習重點 Recuerda

讓我們一起學習西班牙語的字母、發音與重音：

1-1 Vocales y consonantes 母音與子音

1-2 Pronunciación y acento 發音與重音

西語共有二十七個字母，每個字母都有大寫和小寫、讀音和拼音之分。西語字母的讀音較少使用，通常用在拼寫單字或念讀字母順序時。但是西語字母的拼音非常重要，因為拼讀單字時需要用到字母的拼音。例如字母「a」的大寫是「A」、小寫是「a」；讀音是「a」、拼音類似注音符號的「ㄚ」。

西語共有五個母音：「a、e、i、o、u」，發音就跟注音符號的「ㄚ、ㄝ、ㄧ、ㄛ、ㄨ」一樣。其中「a、e、o」是強母音、「i、u」是弱母音。西語母音的發音非常簡短清楚，而且與子音一起拼讀時，母音的發音都固定不變，因此非常容易學習。

西語共有二十二個子音：「b、c、d、f、g、h、j、k、l、m、n、ñ、p、q、r、s、t、v、w、x、y、z」，其中「ñ」這個字母是西語特有的子音，而「w、x」這二個字母通常都用來拼寫外來語單字。西語的發音非常簡單，每個子音和五個母音都能組合出西語的基本拼音。因此只要掌握字母念法和重音規則，就可以馬上開口念讀出西語單字。

小提醒 西班牙皇家學會（Real Academia Española）在2010年制定的最新規定中，將字母「ch」併入字母「c」、將字母「ll」併入字母「l」，故將「ch、ll」這二個字母從字母表中刪去。然而，為了使讀者能學習字母「ch」和「ll」的拼音，本書仍保留這二個字母。

16

學習重點

本書每個單元的最前面，皆有「學習重點」，提醒您在此單元，會學到什麼動詞、可以搭配哪些單字或短句一起使用，讓您馬上掌握重點！

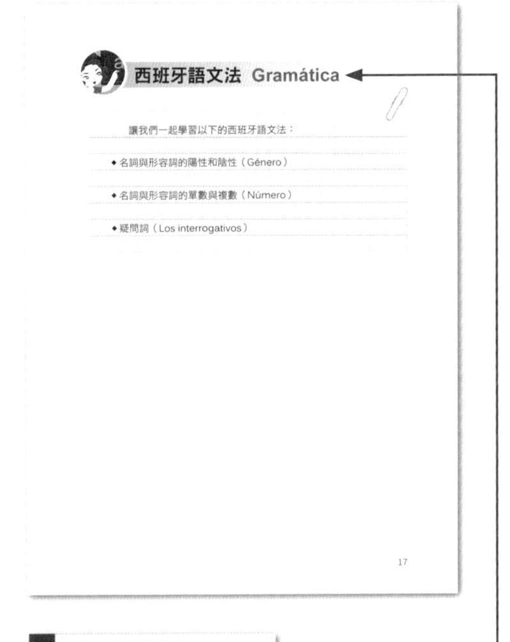

西班牙語文法 Gramática

讓我們一起學習以下的西班牙語文法：

- 名詞與形容詞的陽性和陰性（Género）
- 名詞與形容詞的單數與複數（Número）
- 疑問詞（Los interrogativos）

17

西班牙語文法

本書每單元皆有「西班牙語文法」單元，循序漸進，分門別類，有條不紊地教您西語文法。像是第一單元，就是掌握西語的三大文法規則：「名詞與形容詞的陽性和陰性」、「名詞和形容詞的單數與複數」、「疑問詞」，好的學習開始就是成功的一半！

西語共有二十七個字母，其中只有五個母音a、e、i、o、u，只要跟著本書，掌握字母的念法和重音規則，馬上可以開口念出西語單字。

1-1

Vocales y consonantes 01

母音與子音

西語母音

大寫	小寫	讀音	拼音
A	a	a	ㄚ（強母音）
E	e	e	ㄝ（強母音）
I	i	i	ㄧ（弱母音）
O	o	o	ㄛ（強母音）
U	u	u	ㄨ（弱母音）

西語子音

大寫	小寫	讀音	拼音
B	b	be	ㄅ
C	c	ce	ㄍ（在a、o、u前，輕聲） th（在e、i前，類似英語「th」的發音） ㄙ（在e、i前，在西班牙南部與拉丁美洲使用）
Ch	ch	che	ㄑ
D	d	de	ㄉ
F	f	efe	ㄈ
G	g	ge	ㄍ（在a、o、u前，喉音） ㄏ（在e、i前）
H	h	hache	拼音時一律不發音

24

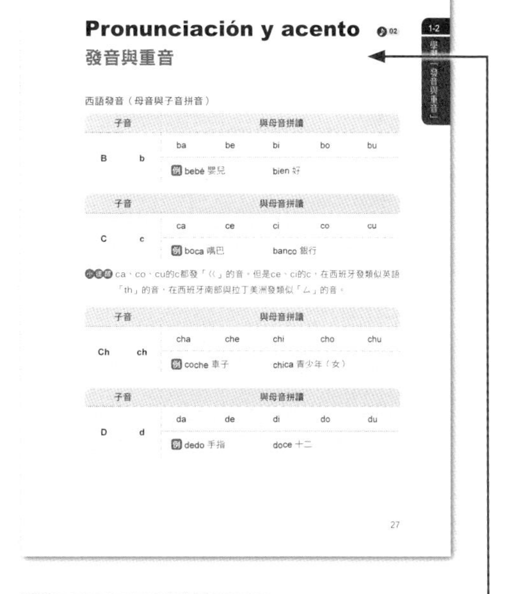

Pronunciación y acento 02

發音與重音

1-2

西語發音（母音與子音拼音）

子音		與母音拼讀				
B	b	ba	be	bi	bo	bu
		例 bebé 嬰兒		bien 好		

子音		與母音拼讀				
C	c	ca	ce	ci	co	cu
		例 boca 嘴巴		banco 銀行		

ca、co、cu的c都發「ㄍ」的音。但是ce、ci的c，在西班牙發類似英語「th」的音，在西班牙南部與拉丁美洲發類似「ㄙ」的音。

子音		與母音拼讀				
Ch	ch	cha	che	chi	cho	chu
		例 coche 車子		chica 青少年（女）		

子音		與母音拼讀				
D	d	da	de	di	do	du
		例 dedo 手指		doce 十二		

27

母音與子音

西語共有二十七個字母，五個母音、二十二個子音，用注音符號輔助子音的拼音，一目了然效果好！

發音與重音

西語基本發音要念得漂亮，就要多練習西語字母拼音和重音。每個子音搭配二個代表單字，立刻念出標準、正確的西語！

MP3序號

全書收錄名師以正常語速親錄的MP3，一邊看書一邊聆聽MP3，讓您沉浸在西語環境，自然而然學好西語！

Unidad 2 ～ 9 運用「動詞」，學習西班牙語

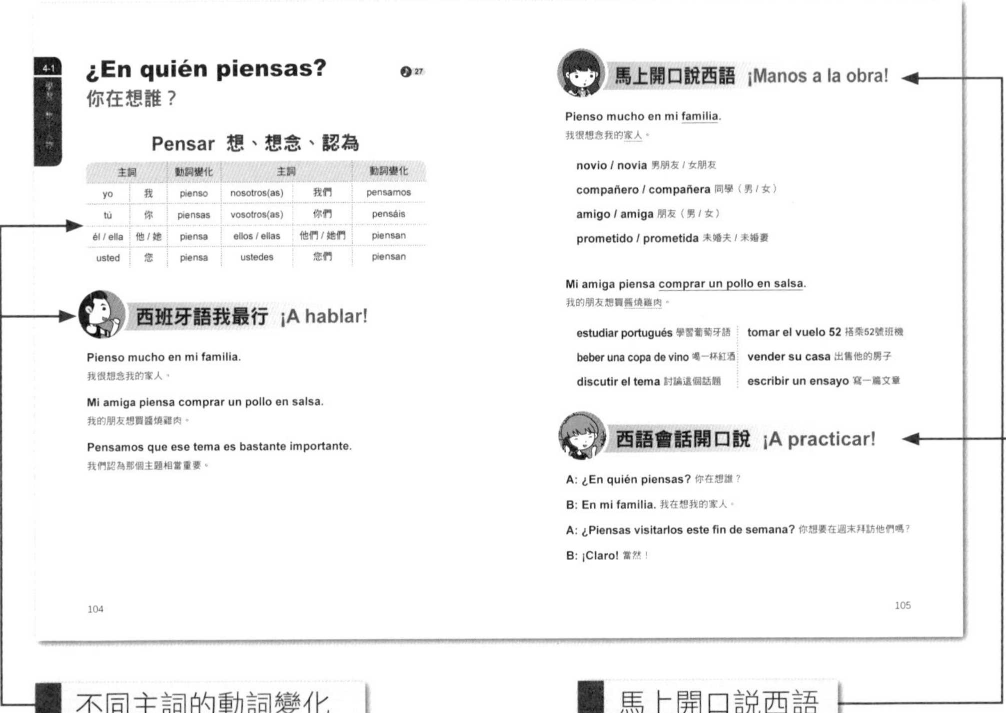

4-1

¿En quién piensas?
你在想誰？

27

Pensar 想、想念、認為

主詞		動詞變化	主詞		動詞變化
yo	我	pienso	nosotros(as)	我們	pensamos
tú	你	piensas	vosotros(as)	你們	pensáis
él / ella	他 / 她	piensa	ellos / ellas	他們 / 她們	piensan
usted	您	piensa	ustedes	您們	piensan

西班牙語我最行 ¡A hablar!

Pienso mucho en mi familia.
我很想念我的家人。

Mi amiga piensa comprar un pollo en salsa.
我的朋友想買醬燒雞肉。

Pensamos que ese tema es bastante importante.
我們認為那個主題相當重要。

104

馬上開口說西語 ¡Manos a la obra!

Pienso mucho en mi familia.
我很想念我的家人。

- **novio / novia** 男朋友 / 女朋友
- **compañero / compañera** 同學（男 / 女）
- **amigo / amiga** 朋友（男 / 女）
- **prometido / prometida** 未婚夫 / 未婚妻

Mi amiga piensa comprar un pollo en salsa.
我的朋友想買醬燒雞肉。

- **estudiar portugués** 學習葡萄牙語
- **beber una copa de vino** 喝一杯紅酒
- **discutir el tema** 討論這個話題
- **tomar el vuelo 52** 搭乘52號班機
- **vender su casa** 出售他的房子
- **escribir un ensayo** 寫一篇文章

西語會話開口說 ¡A practicar!

A: ¿En quién piensas? 你在想誰？
B: En mi familia. 我在想我的家人。
A: ¿Piensas visitarlos este fin de semana? 你想要在週末拜訪他們嗎？
B: ¡Claro! 當然！

105

不同主詞的動詞變化

每個西語動詞皆包含八種主詞變化，掌握動詞變化，西語自然就能學得好！

馬上開口說西語

只要把句型與單字替換，讓您可以隨心所欲創造西語句子！

西班牙語我最行

最常用的生活西語，讓您立即開口說西語！

西語會話開口說

模擬最真實的情境，讓您開口說出最適切的西語！

西語的動詞，包含「be動詞」、「現在時規則變化」、「現在時不規則變化」、「反身動詞」、「過去時規則變化」、「過去時不規則變化」、「現在進行時」，本書第二單元～第九單元運用「動詞」，搭配生活常用句型和單字，讓您迅速説出正確、漂亮的西語！

西語動詞真簡單

每個單元嚴選常用西語動詞及例句，讓您輕鬆增加西語會話量！

西語動詞加油站

延伸西語動詞的八種主詞變化，讓您通通一次掌握！

西語動詞真簡單 ¡Qué fácil! 30

atender 服務
cerrar 關
empezar 開始
entender 了解
querer 想要

Las azafatas de aquella aerolinea atienden muy bien.
那家航空公司的空服員服務非常好。

Yo cierro la ventana porque tengo mucho frío.
因為天氣很冷，所以我關上窗戶。

El concierto empieza a las siete y media de la noche.
演唱會在晚上七點半開始。

No entiendo esta oración.
我不了解這個句子。

Yo quiero un helado de vainilla.
我想要一個香草冰淇淋。

110

西語動詞加油站 ¡Ánimo!

現在時不規則變化動詞：「e」變化成「ie」

atender 服務

yo	atiendo	nosotros(as)	atendemos
tú	atiendes	vosotros(as)	atendéis
él / ella	atiende	ellos / ellas	atienden
usted	atiende	ustedes	atienden

cerrar 關

yo	cierro	nosotros(as)	cerramos
tú	cierras	vosotros(as)	cerráis
él / ella	cierra	ellos / ellas	cierran
usted	cierra	ustedes	cierran

empezar 開始

yo	empiezo	nosotros(as)	empezamos
tú	empiezas	vosotros(as)	empezáis
él / ella	empieza	ellos / ellas	empiezan
usted	empieza	ustedes	empiezan

entender 了解

yo	entiendo	nosotros(as)	entendemos
tú	entiendes	vosotros(as)	entendéis
él / ella	entiende	ellos / ellas	entienden
usted	entiende	ustedes	entienden

querer 想要

yo	quiero	nosotros(as)	queremos
tú	quieres	vosotros(as)	queréis
él / ella	quiere	ellos / ellas	quieren
usted	quiere	ustedes	quieren

111

一起來用西語吧

每單元結束前，皆附有自我檢測試題，讓您聽、説、讀、寫一手抓，學習效果事半功倍！

¡Apliquemos lo aprendido!
一起來用西語吧！

寫一寫 ¡A escribir!

閱讀下面的句子，正確的句子請填O，錯誤的句子請填X。

1. ( ) Ella volve a las tres de la tarde
2. ( ) Ella cuelga una pintura de Picasso.
3. ( ) Yo elijo este coche porque es más grande
4. ( ) Yo almorzo con mis compañeros
5. ( ) Tú correges la tarea de tu hijo
6. ( ) Nosotros dormimos en la habitación sesenta
7. ( ) Tengo que devuelvo los libros
8. ( ) Ellos no quieren beber vino ahora
9. ( ) La pelicula empeza a las ocho de la noche
10. ( ) Mi primo prefiere las chaquetas de algodón

124

聽一聽 ¡A escuchar! 37

請聆聽光碟中的問題，圈出最適合的回答。

❶ ♪¿En quién piensas?
1. en mi novia　2. hoy　3. en el restaurante

❷ ♪
1. en mi amigo　2. el anillo de oro　3. todos los días

❸ ♪
1. todos los días　2. en la cocina　3. María

❹ ♪
1. hoy　2. lámpara　3. en el restaurante

❺ ♪
1. ocho libros　2. cinco euros　3. en diciembre

❻ ♪
1. diez personas　2. a las siete　3. plástico

125

目錄

作者序　大家的西班牙語 2

如何使用本書 4

目錄 8

前言 12

Unidad 1　大家的西班牙語！ 15

1.1 學習「母音與子音」 24

1.2 學習「發音與重音」 27

一起來用西語吧！ 34

Unidad 2　很高興認識你！ 37

2.1 學習「動詞Ser 是」 40

2-1.1 你是誰？ 42

2-1.2 你做什麼工作？ 44

2-1.3 你從哪裡來？ 46

2-1.4 你的電話號碼是幾號？ 48

2-1.5 你的電子郵件是多少？ 50

2-1.6 他這個人如何？ 52

2.2 學習「動詞Estar 是、在」 54

2-2.1 你好嗎？ 56

2-2.2 你在那裡？ 58

2-2.3 你叫什麼名字？ 60

一起來用西語吧！ 63

Unidad 3 你在哪裡學習西班牙語？ 65

3.1 你在哪裡學習西班牙語？ 74

3.2 你每天早上喝什麼？ 78

3.3 你住在哪裡？ 82

3.4 你認識哪些拉丁美洲國家？ 86

3.5 你的媽媽在廚房做什麼？ 88

一起來用西語吧！ 92

Unidad 4 你的午餐吃什麼？ 95

4.1 你在想誰？ 104

4.2 你什麼時候開冷氣？ 106

4.3 你比較喜歡哪種材質？ 108

4.4 你的午餐吃什麼？ 112

4.5 你什麼時候回祕魯？ 114

4.6 你在哪裡睡覺？ 116

4.7 你選哪件洋裝？ 120

一起來用西語吧！ 124

Unidad 5 你週末喜歡做什麼？ 127

5.1 你幾點洗澡？ 138
5.2 你為什麼把大衣脫掉？ 140
5.3 誰坐在璜的旁邊？ 142
5.4 你週末喜歡做什麼？ 144
5.5 你哪裡痛？ 146
5.6 你帶什麼？ 148
一起來用西語吧！ 153

Unidad 6 你什麼時候收到禮物？ 157

6.1 你跟他們怎麼約定？ 162
6.2 你什麼時候買了洗衣機？ 164
6.3 你吃什麼？ 168
6.4 你什麼時候賣掉你的車子？ 170
6.5 你在你的生日收到了什麼？ 174
6.6 你在你的臉書寫了什麼？ 176
一起來用西語吧！ 182

Unidad 7 你跟誰去過派對？ 187

7.1 你何時付帳單？ 192
7.2 你在哪裡停車？ 194

7.3 你的姊姊前天聽到什麼？ 198

7.4 你向你的老闆要求什麼？ 202

7.5 你昨天睡了多少小時？ 204

7.6 你昨天翻譯了什麼？ 208

一起來用西語吧！ 212

Unidad 8 你昨晚在哪裡？ 215

8.1 你昨晚在哪裡？ 218

8.2 你跟誰去過派對？ 220

8.3 你在他生日時送給他什麼？ 222

8.4 你把蛋糕放在哪裡？ 224

8.5 有多少人來過派對？ 226

一起來用西語吧！ 232

Unidad 9 誰正在彈鋼琴？ 235

9.1 誰正在彈鋼琴？ 240

9.2 你正在哪裡搭捷運？ 242

9.3 你正在列印什麼？ 244

一起來用西語吧！ 252

附錄 一起來用西語吧！ 解答 255

前　言

西班牙語的重要性

如果把西語當做第二外語的人口也一併計算，全球有超過四億多人都在生活中使用西語。當代國際通行的西語，源自西班牙卡斯蒂亞王國（Castilla），原本只是一個小國，興盛後與其他王國合併，形成西班牙王國。卡斯蒂亞王國的主要語言：卡斯蒂利亞語（castellano），演變為現在的西班牙官方語言及標準語音。此外，西語是屬於拉丁語系的語言，其他分支尚有法語、義大利語、葡萄牙語、羅馬尼亞語，而西語是目前全世界最多使用人口的拉丁語系語言，由此可見西語的重要性。

繽紛多彩的西班牙語世界

學習西語，可以讓我們與熱情友善的西語系國家人民往來時，有機會能夠建立長期且深厚的友誼；同時，也可以讓我們更能直接體會西語系國家多樣的文化傳統與風俗習慣。例如，西語系國家的特色飲食：「tapas」、「paella」、「taco」等；藝術與建築家：「Picasso」、「Dalí」、「Gaudí」、「Frida Kahlo」、「Botero」等；文學與電影家：「García Márquez」、「Almodóvar」等；流行歌手：「Shakira」、「Ricky Martin」等；傳統節慶：番茄節、奔牛節、火節、墨西哥的死亡節、拉丁美洲的嘉年華等；歷久不衰的旅遊勝地：巴塞隆納、馬德里、安提瓜、布宜諾斯艾利斯等。這些引人入勝的西語系國家文化，都能讓我們沉浸在熱情奔放的氛圍裡。

簡單易學的西班牙語

西語使用拉丁字母，所以學習時非常容易上手。同時，西語發音規則固定，只要能夠掌握拼音訣竅，即使不懂單字的意思，依舊能夠念讀出報紙或書本上的西語字彙。西語和其它拉丁語系的語言有部分字彙相同或相似，例如葡萄牙語的「azul」（藍色）、「amigo」（朋友）與西語相同、義大利語的「luna」（月亮）、「bella」（漂亮）與西語相同、法語的「bien」（好）、「lavabo」（洗手間）與西語相同，這些類同處都讓我們在學習西語時，備感新鮮有趣。

在西語系國家中，不同國家或地區的語音和字彙也有所差異。例如，「z」和在e、i之前的「c」，在西班牙習慣發成類似英語「th」的音，但是在西班牙南部和拉丁美洲，則習慣發成類似英語「s」的音。西班牙常用「coger」（搭、拿）這個單字，但是在拉丁美洲則習慣使用「tomar」（搭、拿）；西班牙人口中的「patatas」（馬鈴薯），在拉丁美洲人口中則變成了「papas」（馬鈴薯）。所以，《大家的西班牙語》將會介紹西語系國家通用的西語字彙，如果是西班牙或拉丁美洲當地常用的西語字彙，則會特別標註說明。

那麼，我們到底該學習西班牙的西語，還是要學習拉丁美洲的西語呢？事實上，不必擔心我們學到的西語來自哪個國家或地區，因為所有西語系國家的人們，都能夠理解、聽懂我們所學到的西語呢！所以，讓我們安心地把西語當成一種與西語系國家人們溝通往來的實用工具，一起來學習《大家的西班牙語 ¡Hola! Español para todos》吧！

¡Bienvenido!
歡迎！

Unidad 1

大家的西班牙語！

學習重點 Recuerda

讓我們一起學習西班牙語的字母、發音與重音：

1-1 Vocales y consonantes 母音與子音

1-2 Pronunciación y acento 發音與重音

西語共有二十七個字母，每個字母都有大寫和小寫、讀音和拼音之分。西語字母的讀音較少使用，通常用在拼寫單字或念讀字母順序時。但是西語字母的拼音非常重要，因為拼讀單字時需要用到字母的拼音。例如字母「a」的大寫是「A」、小寫是「a」；讀音是「a」、拼音類似注音符號的「ㄚ」。

西語共有五個母音：「a、e、i、o、u」，發音就跟注音符號的「ㄚ、ㄝ、ㄧ、ㄛ、ㄨ」一樣。其中「a、e、o」是強母音、「i、u」是弱母音。西語母音的發音非常簡短清楚，而且與子音一起拼讀時，母音的發音都固定不變，因此非常容易學習。

西語共有二十二個子音：「b、c、d、f、g、h、j、k、l、m、n、ñ、p、q、r、s、t、v、w、x、y、z」，其中「ñ」這個字母是西語特有的子音，而「w、x」這二個字母通常都用來拼寫外來語單字。西語的發音非常簡單，每個子音和五個母音都能組合出西語的基本拼音。因此只要掌握字母念法和重音規則，就可以馬上開口念讀出西語單字。

小提醒 西班牙皇家學會（Real Academia Española）在2010年制定的最新規定中，將字母「ch」併入字母「c」、將字母「ll」併入字母「l」，故將「ch、ll」這二個字母從字母表中刪去。然而，為了使讀者能學習字母「ch」和「ll」的拼音，本書仍保留這二個字母。

西班牙語文法 Gramática

讓我們一起學習以下的西班牙語文法：

- 名詞與形容詞的陽性和陰性（Género）
- 名詞與形容詞的單數與複數（Número）
- 疑問詞（Los interrogativos）

名詞與形容詞的陽性和陰性 Género

（1）西語名詞有陽性、陰性之分：

通常名詞字尾若出現「a」、「ción」、「sión」、「dad」這四種情形，代表該名詞是陰性名詞。若名詞字尾沒有上述四種情形，就代表這個單字是陽性名詞。

所以，下列西語單字都是陰性名詞：「maleta」（行李）、「habitación」（房間）、「diversión」（娛樂）、「navidad」（聖誕節）。而「dinero」（錢），則是陽性名詞。

（2）西語形容詞配合名詞的陽性、陰性之分，也有陽性、陰性的分別：

一般來說，形容詞字尾的字母為「o」時，代表是陽性形容詞，形容詞字尾的字母為「a」時，代表是陰性形容詞。

例如：「maleta pequeña」（小的行李），因為「maleta」（行李）是陰性名詞，所以必須將「pequeño」（小的）的字尾從「o」改為「a」。

（3）當名詞為男性時，形容詞字尾的字母一律改為「o」，當名詞為女性時，形容詞字尾的字母一律改為「a」。

所以，當男性想說我很累的時候，必須說成：「Yo estoy cansado.」；而當女性想說我很累的時候，必須說成：「Yo estoy cansada.」。

（4）西語的定冠詞也隨名詞而有陽性、陰性之分：

陽性名詞的定冠詞是「el」（單數）、「los」（複數），陰性名詞的定冠詞是「la」（單數）、「las」（複數）。

名詞與形容詞的單數與複數 Número

（1）西語的名詞和形容詞都有單數、複數之分：

單數名詞搭配單數形容詞，複數名詞搭配複數形容詞。單數名詞和形容詞字尾加上「s」或「es」，就是複數名詞和形容詞。

（2）複數名詞的寫法：

單數名詞的字尾字母是母音時，字尾加上「s」就是複數名詞。單數名詞的字尾字母是子音時，字尾加上「es」就是複數名詞。

所以「lámpara」（檯燈）是單數名詞，字尾是母音「a」，要表示複數時必須在字尾加上「s」寫成「lámparas」。「ciudad」（城市）是子音「d」結尾的名詞，要表示複數時必須在字尾加上「es」寫成「ciudades」。

（3）定冠詞、名詞、形容詞的陽性與陰性變化、單數與複數變化，必須一致：

例如：「la maleta pequeña」（一個小的行李），就是「單數 / 陰性定冠詞＋單數 / 陰性名詞＋單數 / 陰性形容詞」。

疑問詞 Los interrogativos

西語的疑問詞共有八個：「quién」（誰）、「qué」（什麼）、「dónde」（哪裡）、「cómo」（如何）、「cuándo」（何時）、「cuánto」（多少）、「cuál」（哪個）、「por qué」（為什麼）。這些疑問詞的用法、說明和例句，分別如下：

用法

（1）「quién」（誰，單數）、「quiénes」（誰，複數）

這個疑問詞會跟著動詞使用，用來詢問某人的身分，而且有單數、複數之分。「quién」（誰，單數）用來詢問某個人、「quiénes」（誰，複數）用來詢問一群人或幾個人。

例 **¿Quién es?** 他是誰？

¿Quiénes trabajan? 誰工作？

（2）「qué」（什麼）

跟著動詞使用，用來詢問動作或事物。

例 **¿Qué bailas?** 你跳什麼舞？

¿Qué compras? 你買什麼？

也可以跟著名詞使用，用來詢問某人或某件事物。

例 **¿Qué lenguas hablas?**

你說什麼語言？

¿Qué medios de transporte tomas?

你搭那種交通工具？

（3）「dónde」（哪裡）

用來詢問地點。

例 **¿Dónde trabajas?** 你在哪裡工作？

¿Dónde hablas chino? 你在哪裡說中文？

（4）「cómo」（如何）

用來詢問人物或事物的狀態或特徵。

例 **¿Cómo estás?** 你好嗎？

¿Cómo es él? 他這個人如何？（他長什麼樣？）

（5）「cuándo」（何時）

用來詢問事情發生的時間。

例 **¿Cuándo es la fiesta?** 派對是什麼時候？

（6）「cuánto」（多少，陽性單數）、「cuánta」（多少，陰性單數）、「cuántos」（多少，陽性複數）、「cuántas」（多少，陰性複數）跟著名詞使用，用來詢問數量，而且必須跟名詞的陽性、陰性和單數、複數一致。

例 **¿Cuántos libros de español tienes ?**

你有多少西班牙語的書籍？

¿Cuántas canciones cantas?

你唱幾首歌？

請特別留意，「cuánto」和「cuánta」這二個疑問詞後面，只能接著不可數的名詞使用。

例 **¿Cuánto dinero quieres?** 你要多少錢？

（7）「cuál」（哪個，單數）、「cuáles」（哪個，複數）

跟著動詞或名詞詢問某件事物。

例 **¿Cuál libro tienes?**

你有哪幾種書？

¿Cuáles camisas quieres?

你要哪幾件襯衫？

（8）「por qué」（為什麼）

跟著動詞使用，以詢問原因。

例 **¿Por qué vas al banco?**

為什麼你去銀行？

說明

（1）西語的疑問詞都有重音，書寫和念讀時要特別注意。

（2）西語疑問句的開始和結束，必須在句首加上倒問號、在句尾加上問號。所以「你是誰？」這句話必須說成：「¿Quién eres?」，「¿」代表問題的開始，「?」代表問題的結束。

例句

¿En quién piensas?

你在想誰？

¿A qué te dedicas?

你做什麼工作？

¿De dónde eres?

你從哪裡來？

¿Cómo es él?

他這個人如何？（他長什麼樣？）

¿Cuándo enciendes el aire acondicionado?

你什麼時候開冷氣？

¿Cuántas horas dormiste ayer?

你昨天睡了多少小時？

¿Cuál es tu número de teléfono?

你的電話號碼是幾號？

¿Por qué te quitas el abrigo?

你為什麼把大衣脫掉？

Vocales y consonantes ♪01

母音與子音

西語母音

大寫	小寫	讀音	拼音
A	a	a	ㄚ（強母音）
E	e	e	ㄝ（強母音）
I	i	i	ㄧ（弱母音）
O	o	o	ㄛ（強母音）
U	u	u	ㄨ（弱母音）

西語子音

大寫	小寫	讀音	拼音
B	b	be	ㄅ
C	c	ce	ㄍ（在a、o、u前，輕聲） th（在e、i前，類似英語「th」的發音） ㄙ（在e、i前，在西班牙南部與拉丁美洲使用）
Ch	ch	che	ㄑ
D	d	de	ㄉ
F	f	efe	ㄈ
G	g	ge	ㄍ（在a、o、u前，喉音） ㄏ（在e、i前）
H	h	hache	拼音時一律不發音

大寫	小寫	讀音	拼音
J	j	jota	ㄏ
K	k	ka	ㄍ
L	l	ele	ㄌ
Ll	ll	elle	ㄓ
M	m	eme	ㄇ
N	n	ene	ㄋ
Ñ	ñ	eñe	ㄋㄧ（比字母「n」還重的鼻音）
P	p	pe	拼音時與字母B的拼音相近
Q	q	cu	ㄍ
R	r	erre	ㄌ（拼音時聲音跟L相近，但發音較輕柔）
S	s	ese	ㄙ
T	t	te	ㄉ
V	v	uve	ㄅ（拼音時聲音跟字母「b」一樣）
W	w	uve doble	ㄨ（通常用來拼寫外來語）
X	x	equis	ㄍㄙ / ㄎㄙ
Y	y	i griega	ㄧ
Z	z	zeta	th（西班牙發此音，類似英語「th」的發音） ㄙ / S（西班牙南部與拉丁美洲發此音，與字母「s」發音相近）

小提醒 西語字母共有二十七個，不包含字母「ch」和「ll」。然而，為了幫助讀者學習字母「ch」和「ll」的拼音，本書仍列出這二個字母。

小提醒 字母「y」的讀音最近幾年從「i griega」改為「ye」。然而，一些西語母語人士仍然使用「i griega」的讀音。本書保留二種讀音，讓讀者可辨認字母「y」的二種讀音。

西語雙母音

ia	ua	ai	au
ie	ue	ei	eu
io	uo	oi	ou
iu	ui		

西語三母音

iai	iei	uai	uei

Pronunciación y acento ♪02

發音與重音

西語發音（母音與子音拼音）

子音		與母音拼讀				
B	b	ba	be	bi	bo	bu
		例 bebé 嬰兒		bien 好		

子音		與母音拼讀				
C	c	ca	ce	ci	co	cu
		例 boca 嘴巴		banco 銀行		

小提醒 ca、co、cu的c都發「ㄍ」的音。但是ce、ci的c，在西班牙發類似英語「th」的音，在西班牙南部與拉丁美洲發類似「ㄙ」的音。

子音		與母音拼讀				
Ch	ch	cha	che	chi	cho	chu
		例 coche 車子		chica 青少年（女）		

子音		與母音拼讀				
D	d	da	de	di	do	du
		例 dedo 手指		doce 十二		

子音		與母音拼讀				
F	f	fa	fe	fi	fo	fu
		例 café 咖啡		feo 醜的		

子音		與母音拼讀				
G	g	ga	ge gue güe	gi gui güi	go	gu
		例 gafas 眼鏡 guía 導遊		gente 人 pingüino 企鵝		

小提醒 ga、go、gu的g都發「ㄍ」的喉音，但是ge、gi的g要發「ㄏ」的音。而原來「ㄍ」的音碰到e、i這兩個母音，必須寫成gue、gui這兩個拼音。若u有發音的必要時，要寫成ü，發「ㄨ」的音。

子音		與母音拼讀				
H	h	ha	he	hi	ho	hu
		例 hecho 製造		hogar 家		

小提醒 子音h在拼音時一律不發音。

子音		與母音拼讀				
J	j	ja	je	ji	jo	ju
		例 caja 盒子		jefe 老闆		

小提醒 je、ji的發音跟ge、gi的發音相同。

子音		與母音拼讀				
K	k	ka	ke	ki	ko	ku
		例 kilo 公斤		kilómetro 公里		

子音		與母音拼讀				
L	l	la	le	li	lo	lu
		例 bola 球		lago 湖		

子音		與母音拼讀				
Ll	ll	lla	lle	lli	llo	llu
		例 gallo 公雞		caballo 馬（公）		

子音		與母音拼讀				
M	m	ma	me	mi	mo	mu
		例 mamá 媽媽		cama 床		

子音		與母音拼讀				
N	n	na	ne	ni	no	nu
		例 nadar 游泳		mono 猴子		

子音		與母音拼讀				
Ñ	ñ	ña	ñe	ñi	ño	ñu
		例 niño 男孩		baño 浴室		

子音		與母音拼讀				
P	p	pa	pe	pi	po	pu
		例 pagar 付款		piña 鳳梨		

子音		與母音拼讀				
Q	q		que	qui		
		例 cheque 支票		pequeño 小的		

子音		與母音拼讀				
R	r	ra	re	ri	ro	ru
		例 dinero 錢		caro 貴的		
		rra	rre	rri	rro	rru
		例 perro 狗（公）		cigarro 香菸		

子音		與母音拼讀				
S	s	sa	se	si	so	su
		例 camisa 襯衫		sofá 沙發		

子音		與母音拼讀				
T	t	ta	te	ti	to	tu
		例 maleta 行李		televisión 電視		

子音		與母音拼讀				
V	**v**	va	ve	vi	vo	vu
		例 vaso 杯子		vaca 牛（母）		

子音		與母音拼讀				
W	**w**	wa	we	wi	wo	wu
		例 whisky 威士忌		kiwi 奇異果		

子音		與母音拼讀				
X	**x**	xa	xe	xi	xo	xu
		例 taxi 計程車		examen 測驗		

子音		與母音拼讀				
Y	**y**	ya	ye	yi	yo	yu
		例 ya 已經		ayuda 救命		

子音		與母音拼讀				
Z	**z**	za	ze	zi	zo	zu
		例 zapato 鞋子		manzana 蘋果		

西語發音（請注意舌頭位置的不同）

♪ 03

al	el	il	ol	ul

例 alfabeto 字母　　alto 高的

ar	er	ir	or	ur

例 pensar 想　　comer 吃

bla	ble	bli	blo	blu

例 hablar 說　　blanco 白色

bra	bre	bri	bro	bru

例 libro 書　　abrigo 外套

西語發音（雙母音發音練習）

♪ 04

雙母音	單字練習	
ia	familia 家庭	iglesia 教堂
ie	hielo 冰	bienvenido 歡迎
io	armario 衣櫃	precio 價格
iu	ciudad 城市	viudo 鰥夫
ua	aduana 海關	cuaderno 筆記本
ue	descuento 折扣	puerto 港口
uo	antiguo 舊的	cuota 配額

雙母音	單字練習	
ui	ruido 噪音	cuidado 關心
ai	aire 空氣	baile 舞蹈
ei	peine 梳子	aceite 油
oi	oiga 聽、喂	heroica 英勇的
au	aula 教室	aunque 雖然
eu	Europa 歐洲	deudor 債務人
ou	bou 拖網船	Bourel 布雷爾（姓氏）

西語重音

（1）有重音符號時，重音在有重音符號的音節。

例「mamá」（媽媽）、「café」（咖啡）

（2）母音a、e、i、o、u和子音n、s結尾的單字，重音在倒數第二個音節。

例「silla」（椅子）、「mapas」（地圖）

（3）以n、s以外的子音結尾時，重音在最後一個音節。

例「calidad」（品質）、「reloj」（鐘／錶）

（4）遇到雙母音的單字，重音在強母音a、e、o。

例「huevo」（蛋）、「cuadro」（畫）

（5）由兩個弱母音組成的單字，重音在後面的母音。

例「diurno」（白天的）、「ruido」（聲音）

（6）遇到ar、er、ir結尾的單字時，重音在這三個結尾字母。

例「nadar」（游泳）、「comer」（吃）

¡Apliquemos lo aprendido!

一起來用西語吧！

寫一寫 ¡A escribir!

請寫出下列名詞或形容詞的西班牙語。

例 愛 ______amor______

錢 ____________ 小的 ____________

銀行 ____________ 馬 ____________

杯子 ____________ 襯衫 ____________

鳳梨 ____________ 城市 ____________

教堂 ____________ 家庭 ____________

聽一聽 ¡A escuchar!

♪ 06

請聆聽光碟中的問題，圈出最適合的回答。

❶ vaca

1. vaca　　2. vaso　　3. bien

❷ ♪

1. boca　　2. banco　　3. bebé

❸ ♪

1. coche　　2. noche　　3. cheque

❹ ♪

1. piña　　2. precio　　3. pagar

❺ ♪

1. familia　　2. iglesia　　3. tiempo

❻ ♪

1. manzana　　2. maleta　　3. camisa

¡Que tenga un buen día!
祝你有個美好的一天！

Unidad 2

很高興認識你！

學習重點 Recuerda

讓我們一起學習以下三個西班牙語動詞：

2-1 Ser 是

2-2 Estar 是、在

2-3 Llamarse 叫

搭配這三個動詞，我們還會學習「西語名字」、「職業」、「電話號碼」、「數字」、「電子郵件」、「表達某人或物品的外觀」、「表達感受或健康情況」、「地點與婚姻狀態」、「家人稱謂」的西語。

西班牙語文法 Gramática

讓我們一起學習以下的西班牙語文法：

◆ 動詞 Ser（El verbo ser）

◆ 動詞 Estar（El verbo estar）

這個單元要學習三個非常基本的西語動詞：「ser」（是）、「estar」（是、在）、「llamarse」（叫），它們都屬於陳述式現在時不規則變化的動詞。

學會了這三個動詞的陳述式現在時變化，我們就可以用西語流暢地表達自己的西語名字和職業、陳述自己從哪個國家來、說出自己的聯絡方式（電話號碼和電子郵件）、描述自己和他人的外表、說明自己和他人的感受與健康狀況、講出家人的稱謂。

最後，我們就可以用這個單元所學到的西語，開始向西語系國家的朋友進行自我介紹。讓我們趕緊來學習這三個重要又實用的西語動詞吧！

動詞 Ser（El verbo ser）是

動詞Ser（是）為不規則變化動詞，搭配不同主詞的變化如下：

主詞	ser
yo 我	soy
tú 你	eres
él / ella / usted 他 / 她 / 您	es
nosotros / nosotras 我們（男性）/ 我們（女性）	somos
vosotros / vosotras 你們（男性）/ 妳們（女性）	sois
ellos / ellas / ustedes 他們 / 她們 / 您們	son

用法

（1）表達身分與職業。

主詞＋ser＋身分或職業

例 **Yo soy Manuel.** 我是馬努爾。

Tú eres jefa. 妳是老闆。

（2）表達國籍和從哪裡來。

主詞＋ser＋國籍（表達國籍）

例 **Él es taiwanés.** 他是台灣人。

主詞＋ser＋「de」（從）＋地方 / 國家　（從哪裡來）

例 **Ella es de Taiwán.** 她從台灣來。

（3）表達日期與時間。

例 **Hoy es domingo.** 今天是星期日。

Son las diez de la noche. 現在是晚上十點。

（4）表達聯絡方式（例如：電子郵件、電話號碼、地址）。

例 **Mi número de teléfono es 0926355698.**

我的電話號碼是0926355698。

Mi correo electrónico es ingeniero@correo.com.

我的電子郵件是ingeniero@correo.com。

（5）表達某人或物品的外觀、某人的人格特質或個性。

主詞＋ser＋形容詞

例 **Ella es muy sociable.** 她非常善於社交。

El vestido es corto. 這件洋裝短短的。

放在ser之後的名詞、形容詞和代名詞，必須跟主詞的陽性或陰性、單數或複數保持一致。

例句

Yo soy ingeniero.

我是工程師。

Yo soy de España.

我從西班牙來。

Tú eres muy inteligente.

你很聰明。

¿Quién eres?

你是誰？

西班牙語我最行 ¡A hablar!

Yo soy Alejandro.

我是亞歷杭德羅。

Este es Carlos.

這位是卡洛斯。

Esta es Rosa.

這位是蘿莎。

Él es el señor Li.

他是李先生。

Ella es la señorita Huang.

她是黃小姐。

Ella es la señora Chen.

她是陳太太。

馬上開口說西語 ¡Manos a la obra!

Yo soy Alejandro.

我是亞歷杭德羅。

Diego 迪耶哥

Francisco 法蘭西斯科

Alicia 艾莉西亞

Rosa 蘿莎

Enrique 安立奎

Ignacio 伊格納修

Elisa 愛麗莎

Lucía 露西亞

西語會話開口說 ¡A practicar!

A: Mario, este es Antonio.

馬力歐，這位是安東尼奧。

B: ¡Hola!

你好！

C: ¡Hola!

你好！

¿A qué te dedicas?

你做什麼工作？

西班牙語我最行 ¡A hablar!

Yo soy ejecutivo de ventas.

我是業務員。

Elisa es enfermera.

愛麗莎是護士。

Nosotros somos ingenieros.

我們是工程師。

Mucho gusto.

幸會。

Encantado / Encantada.（男 / 女）

幸會。

El gusto es mío.

我的榮幸。

馬上開口說西語 ¡Manos a la obra!

Yo soy ingeniero.

我是工程師。

- **médico / médica** 醫生（男 / 女）
- **secretario / secretaria** 祕書（男 / 女）
- **contador / contadora** 會計師（男 / 女）
- **profesor / profesora** 教授（男 / 女）
- **camarero / camarera** 服務生（男 / 女）
- **cantante** 歌手
- **abogado / abogada** 律師（男 / 女）
- **estudiante** 學生
- **periodista** 記者
- **diseñador / diseñadora** 設計師（男 / 女）
- **psicólogo / psicóloga** 心理學家（男 / 女）
- **actor / actriz** 演員（男 / 女）

西語會話開口說 ¡A practicar!

A: ¡Hola! Soy Luis. ¿Y tú?

你好！我是路易斯。妳呢？

B: Soy Carmen. ¿A qué te dedicas?

我是卡門。你做什麼工作？

A: Soy arquitecto. ¿Y tú?

我是建築師。你呢？

B: Yo soy enfermera. Encantada.

我是護士。幸會。

A: Mucho gusto.

幸會。

¿De dónde eres?

你從哪裡來？

西班牙語我最行 ¡A hablar!

Yo soy de España .

我從西班牙來。

Mi amigo es de Canadá.

我的朋友從加拿大來。

Mi compañero de universidad es de Estados Unidos.

我的大學同學從美國來。

Buenos días.

早安。

Buenas tardes.

午安。

Buenas noches.

晚安。

馬上開口說西語 ¡Manos a la obra!

Yo soy de España.

我從西班牙來。

Portugal 葡萄牙

Inglaterra 英國

Japón 日本

China 中國

Francia 法國

Alemania 德國

Corea 韓國

Tailandia 泰國

西語會話開口說 ¡A practicar!

A: Buenos días. Soy Luisa. ¿Y tú?

早安。我是路易莎。你呢？

B: Soy Enrique. ¿De dónde eres?

我是安立奎。妳從哪裡來？

A: Soy de Alemania. ¿Y tú?

我從德國來。你呢？

B: Soy de Inglaterra.

我從英國來。

¿Cuál es tu número de teléfono?

10

你的電話號碼是幾號？

西班牙語我最行 ¡A hablar!

Mi número de teléfono es 09 26 35 56 98.

我的電話號碼是09 26 35 56 98。

El número de mi teléfono móvil es 09 13 52 78 94.

我的手機號碼是09 13 52 78 94。

El número de teléfono de mi casa es 28 39 71 45 60.

我家的電話號碼是28 39 71 45 60。

El número de mi extensión es cuarenta y ocho.

我的分機號碼是48。

¿Puede repetir, por favor?

可以請您再說一次嗎？

¡Claro!

當然！

馬上開口說西語 ¡Manos a la obra!

Mi número de teléfono es 09 26 35 56 98.

我的電話號碼是09 26 35 56 98。

0	cero	1	uno	2	dos	3	tres
4	cuatro	5	cinco	6	seis	7	siete
8	ocho	9	nueve	10	diez	11	once
12	doce	13	trece	14	catorce	15	quince
16	dieciséis	17	diecisiete	18	dieciocho	19	diecinueve
20	veinte	21	veintiuno	22	veintidós	23	veintitrés
30	treinta	40	cuarenta	50	cincuenta	60	sesenta
70	setenta	80	ochenta	90	noventa	100	cien

小提醒 在西語系國家，人們習慣一次念讀二個電話號碼數字，例如：「25 17 14 58」念讀成：「veinticinco, diecisiete, catorce, cincuenta y ocho」。從31到99的數字需使用「y」（和）這個字來表示，例如：「42」念讀成：「cuarenta y dos」（40和2）。

西語會話開口說 ¡A practicar!

A: ¿Cuál es tu número de teléfono? 你的電話號碼是幾號？

B: Mi número es 09 71 28 34 65. 我的電話號碼是09 71 28 34 65。

A: Disculpa, ¿puedes repetir, por favor? 對不起，可以請你再說一次嗎？

B: ¡Claro! 09 71 28 34 65. 當然！09 71 28 34 65。

¿Cuál es tu correo electrónico?

11

你的電子郵件是多少？

西班牙語我最行 ¡A hablar!

Mi correo electrónico es ingeniero@correo.com.

我的電子郵件是ingeniero@correo.com。

El correo electrónico de mi oficina es kl20@nota.com

我辦公室的電子郵件是kl20@nota.com。

¿Está bien así?

這樣對嗎？

Más despacio, por favor.

請說慢一點。

小提醒 如果電子郵件帳號包含人名、動物或事物的名稱、形容詞等，通常會直接念讀整個單字。例如：「sol7@ice.com」，就會念讀為：「sol siete arroba ice punto com」。

馬上開口說西語 ¡Manos a la obra!

Mi correo electrónico es ingeniero@correo.com.

我的電子郵件是ingeniero@correo.com。

@ arroba 小老鼠	**. punto** 點
– guion superior / normal 小橫槓	**_ guion inferior / bajo** 底線

下面是西語字母的讀音，念讀電子帳號時會用到喔！

A	a	J	jota	R	erre
B	be	K	ka	S	ese
C	ce	L	ele	T	te
Ch	che	Ll	elle	U	u
D	de	M	eme	V	uve
E	e	N	ene	W	uve doble
F	efe	Ñ	eñe	X	equis
G	ge	O	o	Y	i griega 或是 ye
H	hache	P	pe	Z	zeta
I	i	Q	cu		

西語會話開口說 ¡A practicar!

A: ¿Cuál es tu correo electrónico? 你的電子郵件是多少？

B: Es jlc@correo.com. 我的帳號是jlc@correo.com。

A: ¿Está bien así? 這樣對嗎？

B: Sí. 是的。

¿Cómo es él?

他這個人如何？（他長什麼樣？）

西班牙語我最行 ¡A hablar!

Él es muy inteligente.

他很聰明。

La casa de Miguel es muy grande.

米吉爾的房子非常大。

España es un país hermoso.

西班牙是一個漂亮的國家。

¿Cómo se dice "~" en español?

這句～的西班牙語怎麼說？

¿Qué significa "~"?

這句～是什麼意思？

¿Cómo se escribe "~"?

這句～怎麼寫？

馬上開口說西語 ¡Manos a la obra!

Tú eres muy inteligente.

你很聰明。

alto / alta 高的（男 / 女）	**bajo / baja** 矮的（男 / 女）
gordo / gorda 胖的（男 / 女）	**delgado / delgada** 瘦的（男 / 女）
guapo / guapa 帥的 / 漂亮的	**hermoso / hermosa** 漂亮的（男 / 女）

La casa de Miguel es muy grande.

米吉爾的房子非常大。

pequeño / pequeña 小的（陽性 / 陰性）	**cómodo / cómoda** 舒服的（陽性 / 陰性）
estrecho / estrecha 窄的（陽性 / 陰性）	**ancho / ancha** 寬的（陽性 / 陰性）

西語會話開口說 ¡A practicar!

A: Esta es mi casa. ¡Bienvenido!

這是我家。歡迎！

B: Gracias. Disculpa, ¿cómo se dice “漂亮” en español?

謝謝。請問，「漂亮」的西語怎麼說？

A: Hermoso.

漂亮。

B: Tu casa es hermosa.

你的房子很漂亮。

動詞 Estar（El verbo estar）是、在

動詞Estar（是、在）為不規則變化動詞，搭配不同主詞的變化如下：

主詞	estar
yo 我	estoy
tú 你	estás
él / ella / usted 他 / 她 / 您	está
nosotros / nosotras 我們（男性）/ 我們（女性）	estamos
vosotros / vosotras 你們（男性）/ 妳們（女性）	estáis
ellos / ellas / ustedes 他們 / 她們 / 您們	están

用法

（1）表達感受或健康情況。

例 **Tú estás muy feliz.** 你很快樂。

Él está muy nervioso. 他很緊張。

（2）表達地方，就是「在」的意思。

例 **Ella está en la oficina.** 她在辦公室。

Yo estoy en el restaurante. 我在餐廳。

（3）表達婚姻狀態。

例 **Mi hermano está casado.** 我的弟弟結婚了。

（4）搭配現在進行時使用，表達正在發生的動作。（詳見Unidad 9）

說明

放在estar之後的名詞、形容詞和代名詞，必須跟主詞的陽性或陰性、單數或複數保持一致。

Yo estoy muy bien.

我很好。

Él está en la biblioteca.

他在圖書館。

Mi hermano está soltero.

我的弟弟是單身。

Nosotros estamos muy ocupados.

我們很忙。

¿Cómo estás?

你好嗎？

西班牙語我最行 ¡A hablar!

Yo estoy muy bien.
我很好。

Tú estás muy feliz.
你很快樂。

Él está muy nervioso.
他很緊張。

Nosotros estamos muy ocupados.
我們很忙。

¿Qué tal?
你好嗎？

¿Cómo te va?
你好嗎？

¿Qué hay de nuevo?
你好嗎？（最近如何？）

馬上開口說西語 ¡Manos a la obra!

Yo estoy muy bien.

我很好。

cansado / cansada 累的（男 / 女）

feliz 高興的（男 / 女）

preocupado / preocupada 擔心的（男 / 女）

enfadado / enfadada 生氣的（男 / 女）

nervioso / nerviosa 緊張的（男 / 女）

aburrido / aburrida 無聊的（男 / 女）

enfermo / enferma 生病的（男 / 女）

resfriado / resfriada 感冒的（男 / 女）

西語會話開口說 ¡A practicar!

A: Buenos días. ¿Cómo estás?

早安。你好嗎？

B: Muy bien. ¿Y tú?

我很好。你呢？

A: Un poco cansado.

有一點點累。

¿Dónde estás?

14

你在那裡？

西班牙語我最行 ¡A hablar!

Mis padres están en el banco.

我的父母都在銀行。

Él está en la biblioteca.

他在圖書館。

Yo estoy soltero.

我是單身。

Mi hermano está casado.

我的弟弟結婚了。

Vale.

好的。

De acuerdo.

好的。

馬上開口說西語 ¡Manos a la obra!

Él está en el supermercado.

他在超級市場。

la librería 書店

el banco 銀行

la farmacia 藥局

el hotel 飯店

la empresa 公司

la tienda 商店

Mi hermano está casado.

我的弟弟結婚了。

soltero / soltera 單身的（男 / 女）

divorciado / divorciada 離婚的（男 / 女）

西語會話開口說 ¡A practicar!

A: ¿Dónde estás?

你在哪裡？

B: Estoy en la biblioteca.

我在圖書館。

A: Vale. Nos vemos más tarde.

好的。我們晚點見。

¿Cómo te llamas?
你叫什麼名字？

Llamarse 叫

主詞		動詞變化	主詞		動詞變化
yo	我	me llamo	nosotros(as)	我們	nos llamamos
tú	你	te llamas	vosotros(as)	你們	os llamáis
él / ella	他 / 她	se llama	ellos / ellas	他們 / 她們	se llaman
usted	您	se llama	ustedes	您們	se llaman

西班牙語我最行 ¡A hablar!

Yo me llamo Jesús.

我叫耶穌。

Mi mamá se llama María.

我的媽媽叫瑪利亞。

Mi sobrino se llama Felipe.

我的侄子叫菲利普。

馬上開口說西語 ¡Manos a la obra!

Mi papá se llama Felipe.

我的爸爸叫菲利浦。

Mi mamá se llama María.

我的媽媽叫瑪利亞。

padre / madre 爸爸 / 媽媽

primo / prima 堂（表）兄弟 / 堂（表）姊妹

abuelo / abuela 爺爺、外公 / 奶奶、外婆

tío / tía 叔叔、舅舅 / 阿姨、姑姑

esposo / esposa 先生 / 太太

hermano / hermana 哥哥 / 姊姊

hijo / hija 兒子 / 女兒

nieto / nieta 孫子 / 孫女

sobrino / sobrina 姪子 / 姪女

marido / mujer 先生 / 太太

cuñado / cuñada 姊（妹）夫 / 大嫂、弟妹

小提醒 西語的家人稱謂與英語相同，相同單字同時代表父系和母系的親屬稱謂，而且只要將字尾改成「o」就表示男性家人，字尾改成「a」就表示女性家人。

西語會話開口說 ¡A practicar!

A: ¿Cómo te llamas?

你叫什麼名字？

B: Me llamo María. Mucho gusto.

我叫做瑪利亞。很高興認識你。

A: El gusto es mío.

我的榮幸。

Presentación personal
自我介紹

Yo soy Juan José.

我是璜荷西。

Mi apellido es López.

我姓羅培茲。

Yo soy ingeniero.

我是工程師。

Yo soy de España.

我從西班牙來。

Yo soy muy trabajador y sociable.

我非常努力工作並且善於社交。

Mi número de teléfono es 09 26 35 56 98.

我的電話號碼是09 26 35 56 98。

Mi correo electrónico es ingeniero@correo.com.

我的電子郵件是ingeniero@correo.com。

Mi dirección es calle Carmen, número 34 segundo piso puerta A, Madrid, España.

我的地址是西班牙馬德里卡門街34號2樓A室。

小提醒 信封上的地址也可縮寫成

C/Carmen, n.º 34, 2.º A

Madrid

ESPAÑA

¡Apliquemos lo aprendido!
一起來用西語吧！

寫一寫 ¡A escribir!

Presentación personal 自我介紹

Yo soy ____________________. 我是____________________。

Mi apellido es ____________________. 我姓____________________。

Yo soy ____________________. 我是____________________。

Yo soy de ____________________. 我從____________________來。

Mi número de teléfono es ____________________.

我的電話號碼是____________________。

Mi correo electrónico es ____________________.

我的電子郵件是____________________。

Mi dirección es ____________________.

我的地址是____________________。

¡Pasa adelante!
請進！

Unidad 3

你在哪裡學習西班牙語？

學習重點 Recuerda

讓我們一起學習下面的五個西班牙語動詞：

3-1 Estudiar 學習、研究、念書

3-2 Beber 喝

3-3 Vivir 住

3-4 Conocer 認識

3-5 Hacer 做

搭配五個動詞，我們還會學習「地點」、「水果」、「第幾層樓」、「拉丁美洲國家」、「料理方式」的西班牙語。

最後，我們會延伸學習下面的西語動詞：「escuchar」（聽）、「lavar」（洗）、「nadar」（游泳）、「trabajar」（工作）、「viajar」（旅行）、「aprender」（學習、學會）、「coger」（拿、搭乘）、「comprender」（了解）、「responder」（回答）、「saber」（知道）、「abrir」（打開）、「asistir」（參加、出席）、「cubrir」（蓋、遮）、「discutir」（討論）、「escribir」（寫）、「conducir」（開車）、「poner」（放）、「ofrecer」（提供）、「agradecer」（感謝）、「salir」（出去）。

西班牙語文法 Gramática

讓我們一起學習下面的西班牙語文法：

- 陳述式現在時規則動詞變化（Presente de indicativo regular）
- 冠詞（Los artículos）
- 序數（Los números ordinales）
- 所有格（Posesivo）
- 指示代名詞（Pronombres demostrativos）

陳述式現在時規則動詞變化
Presente de indicativo regular

陳述式現在時的規則動詞變化，變化要點如下：

主詞	動詞字尾是ar	動詞字尾是er	動詞字尾是ir
yo 我	-o	-o	-o
tú 你	-as	-es	-es
él / ella / usted 他 / 她 / 您	-a	-e	-e
nosotros / nosotras 我們（男性）/ 我們（女性）	-amos	-emos	-imos
vosotros / vosotras 你們（男性）/ 妳們（女性）	-áis	-éis	-ís
ellos / ellas / ustedes 他們 / 她們 / 您們	-an	-en	-en

用法

（1）詢問或提供關於目前時刻的資訊。

例 **¿Dónde estudias?**

你在哪裡念書？

（2）表達習慣或頻繁發生的事件。

例 **Yo escucho la radio todas las mañanas.**

我每天早上聽收音機。

西語動詞總共有三組規則變化的動詞，分別是動詞字尾「ar、er、ir」的三組動詞，搭配不同人稱代名詞而有左邊表格中的現在時態（本書一律寫成「現在時」）之動詞變化。

另外，西語動詞共有四種式（modo）：陳述式（modo indicativo）、虛擬式（modo subjuntivo）、可能式（modo potencial）、命令式（modo imperativo），本書所介紹的西語動詞時態變化，都屬於陳述式的變化。

最後，請特別注意，除了動詞字尾是「ar、er、ir」的動詞為現在時規則變化之外，西語還有不規則現在時變化的動詞。今天學習的最後二個西語動詞「conocer、hacer」，就屬於這一組不規則變化的動詞。這組動詞的現在時變化規則為：主詞「yo」（我）的變化，從字尾「cer」變成「go」，以及從字尾「cer」或字尾「cir」變成「zco」。

Yo bebo un vaso de zumo de sandía todas las tardes.

我每天下午喝一杯西瓜汁。

Ellos saben mi número de teléfono.

他們知道我的電話號碼。

Conozco varias ciudades de España.

我認識很多西班牙的城市。

Yo hago deporte en el parque todas las mañanas.

我每天早上都會去公園做運動。

冠詞 Los artículos

西語冠詞分為定冠詞與不定冠詞，分別如下：

		陽性	陰性
定冠詞	單數	el	la
	複數	los	las
不定冠詞	單數	un	una
	複數	unos	unas

用法

（1）西語的定冠詞與不定冠詞，有陽性、陰性和單數、複數之分，根據主詞的陽性、陰性和單數、複數而變化。

（2）西語的冠詞一律放在名詞之前，用來表示名詞的陽性或陰性、單數或複數。

說明

西語的人名、職業、身分、國籍、宗教等名詞，一律不使用冠詞。例如：「Yo soy Sonia.」（我是索妮亞。）、「Ella es médica.」（她是醫生。）、「Yo soy taiwanesa.」（我是台灣人。〈女性〉）、「Tú eres budista.」（你是佛教徒。）

Conduzco el coche de mi hermano hoy.

我今天開我哥哥的車。

Nosotros escribimos un ensayo sobre la contaminación.

我們寫一篇關於汙染的文章。

序數 Los números ordinales

西語基數（數字）與常用序數，分別如下：

序數		序數	
1.º	primero(a)	11.º	undécimo(a)
2.º	segundo(a)	12.º	duodécimo(a)
3.º	tercero(a)	13.º	decimotercero(a)
4.º	cuarto (a)	14.º	decimocuarto(a)
5.º	quinto(a)	15.º	decimoquinto(a)
6.º	sexto(a)	16.º	decimosexto(a)
7.º	séptimo(a)	17.º	decimoséptimo(a)
8.º	octavo(a)	18.º	decimoctavo(a)
9.º	noveno(a)	19.º	decimonoveno(a)
10.º	décimo(a)	20.º	vigésimo
		100.º	centésimo

用法

（1）序數用來表示序列，必須與名詞連用，同時必須跟名詞的陽性、陰性和單數、複數保持一致。陽性序數可書寫成1.º, 2.º, 3.º,……（數字右上角加上º），陰性序數可書寫成1.ª, 2.ª, 2.ª......（數字右上角加上ª）。

（2）教宗、國王與皇后的「世代」以羅馬數字書寫。例如：「Juan Carlos I」（璜・卡洛斯一世，西班牙國王。）、「Juan Pablo II 」（保祿二世。）

（3）最後和倒數第二、倒數第三的西語如下：「último(a)」（最後）、「penúltimo(a)」（倒數第二）、「antepenúltimo(a)」（倒數第三）。

西語的序數中，以一到十的序數較常使用，請務必牢記。當primero（第一）和tercero（第三）這兩個序數放在陽性單數名詞之前時，要省略字尾的-o，但是放在陰性名詞之前則不省略字尾的-a。例如：「Mi **primera** novela.」（我的第一本小說。）、「Vivo en el **primer** piso.」（我住在第一層樓。）

例句

Vivo en el quinto piso. 我住在第五層樓。

Vivo en el cuarto piso de aquel edificio.
我住在那棟建築物的第四層樓。

所有格 Posesivo

西語的所有格，有陽性、陰性和單數、複數之分，分別如下：

所有格	單數		複數	
	陽性	陰性	陽性	陰性
我的	mi		mis	
你的	tu		tus	
他的 / 您的	su		sus	
我們的	nuestro	nuestra	nuestros	nuestras
你們的	vuestro	vuestra	vuestros	vuestras
他們的 / 您們的	su		sus	

用法

（1）所有格一律放在名詞前面，用來表示所有權或財產。

（2）所有格必須跟主詞的陽性、陰性與單數、複數一致。

Mi prima viaja con unas amigas. 我的表妹跟一些朋友旅行。

Mis compañeros viven en un apartamento pequeño.

我的同學們住在一間小公寓。

指示代名詞 Pronombres demostrativos

西語的指示代名詞，有陽性、陰性和單數、複數之分，分別如下：

	陽性		陰性	
	單數	複數	單數	複數
近處	este	estos	esta	estas
遠處	ese	esos	esa	esas
很遠處	aquel	aquellos	aquella	aquellas

用法

（1）西語的指示代名詞共有三個，分別是離說話者較近的「este」（這個）、離說話者較遠的「ese」（那個）、離說話者很遠的「aquel」（那個）。

（2）指示代名詞必須跟主詞的陽性、陰性與單數、複數一致。

Le ofrezco este ordenador con un 20 por ciento de descuento.

這部電腦我提供給您八折的折扣。

Vosotros discutís ese problema en el salón.

你們在客廳討論那個問題。

¿Dónde estudias español?

你在哪裡學習西班牙語？

17

Estudiar 學習、研究、念書

主詞		動詞變化	主詞		動詞變化
yo	我	estudio	nosotros(as)	我們	estudiamos
tú	你	estudias	vosotros(as)	你們	estudiáis
él / ella	他 / 她	estudia	ellos / ellas	他們 / 她們	estudian
usted	您	estudia	ustedes	您們	estudian

西班牙語我最行 ¡A hablar!

Yo estudio en la Universidad Nacional.

我在國立大學念書。

Nosotros estudiamos español.

我們在學習西班牙語。

Ellos estudian inglés todos los días.

他們每天學習英語。

馬上開口說西語 ¡Manos a la obra!

Yo estudio en la Universidad Nacional.

我在國立大學念書。

la escuela 學校	**el restaurante** 餐廳
mi casa 我家	**la biblioteca** 圖書館
la habitación 房間	**el parque** 公園

Ellos estudian inglés todos los días.

他們每天學習英語。

todas las mañanas 每天早上	**todas las tardes** 每天下午
todas las noches 每天晚上	

todos los fines de semana 每個週末

西語會話開口說 ¡A practicar!

A: ¿A qué te dedicas? 你做什麼工作？

B: Soy estudiante. 我是學生。

A: ¿Qué estudias? 你學什麼？

B: Estudio español. 我學習西班牙語。

西語動詞真簡單 ¡Qué fácil!

escuchar 聽

lavar 洗

nadar 游泳

trabajar 工作

viajar 旅行

Yo escucho la radio todas las mañanas.

我每天早上聽收音機。

Ellas lavan la ropa todos los fines de semana.

她們每個週末洗衣服。

Mi tío nada en la piscina todas las tardes.

我的舅舅每天下午在游泳池游泳。

Su amigo trabaja en una agencia de viajes.

她的朋友在一間旅行社工作。

Mi prima viaja con unas amigas.

我的表妹跟一些朋友旅行。

西語動詞加油站 ¡Ánimo!

現在時規則變化動詞：字尾是「ar」

escuchar 聽

yo	escucho	nosotros(as)	escuchamos
tú	escuchas	vosotros(as)	escucháis
él / ella	escucha	ellos / ellas	escuchan
usted	escucha	ustedes	escuchan

lavar 洗

yo	lavo	nosotros(as)	lavamos
tú	lavas	vosotros(as)	laváis
él / ella	lava	ellos / ellas	lavan
usted	lava	ustedes	lavan

nadar 游泳

yo	nado	nosotros(as)	nadamos
tú	nadas	vosotros(as)	nadáis
él / ella	nada	ellos / ellas	nadan
usted	nada	ustedes	nadan

trabajar 工作

yo	trabajo	nosotros(as)	trabajamos
tú	trabajas	vosotros(as)	trabajáis
él / ella	trabaja	ellos / ellas	trabajan
usted	trabaja	ustedes	trabajan

viajar 旅行

yo	viajo	nosotros(as)	viajamos
tú	viajas	vosotros(as)	viajáis
él / ella	viaja	ellos / ellas	viajan
usted	viaja	ustedes	viajan

¿Qué bebes todas las mañanas?

♪ 19

你每天早上喝什麼？

Beber 喝

主詞		動詞變化	主詞		動詞變化
yo	我	bebo	nosotros(as)	我們	bebemos
tú	你	bebes	vosotros(as)	你們	bebéis
él / ella	他 / 她	bebe	ellos / ellas	他們 / 她們	beben
usted	您	bebe	ustedes	您們	beben

西班牙語我最行 ¡A hablar!

Yo bebo un vaso de zumo de sandía todas las tardes.

我每天下午喝一杯西瓜汁。

Mi amigo bebe un litro de agua todos los días.

我的朋友每天喝一公升的水。

Tú bebes demasiado.

你喝太多（酒）了。

馬上開口說西語 ¡Manos a la obra!

Yo bebo un vaso de zumo de sandía.

我喝一杯西瓜汁。

uva 葡萄

fresa 草莓

piña 鳳梨

mango 芒果

guayaba 芭樂

melón 甜瓜

Mi amigo bebe un litro de agua fría todos los días.

我的朋友每天喝一公升的冰水。

caliente 熱的

tibia 溫的

西語會話開口說 ¡A practicar!

A: ¿Qué bebes todas las mañanas?

你每天早上喝什麼？

B: Un café con leche caliente. ¿Y tú?

一杯熱牛奶咖啡。你呢？

A: Un vaso de zumo de piña.

一杯鳳梨汁。

B: ¡Qué rico!

真好喝！

西語動詞真簡單 ¡Qué fácil!

20

aprender 學習、學會

coger 拿、搭乘

comprender 了解

responder 回答

saber 知道

Mi compañero de oficina aprende italiano en la escuela.
我的同事在學校學習義大利語。

Ella coge el libro de matemáticas.
她拿數學課本。

Disculpe, no comprendo su pregunta.
不好意思，我不了解您的問題。

Estoy muy enfadado porque vosotros nunca respondéis mis cartas.
我很生氣，因為你們從不回覆我的信。

¡No te preocupes! Ellos saben mi número de teléfono.
別擔心！他們知道我的電話號碼。

西語動詞加油站 ¡Ánimo!

現在時規則變化動詞：字尾是「er」

aprender 學習、學會

yo	aprendo	nosotros(as)	aprendemos
tú	aprendes	vosotros(as)	aprendéis
él / ella	aprende	ellos / ellas	aprenden
usted	aprende	ustedes	aprenden

coger 拿、搭乘

yo	cojo	nosotros(as)	cogemos
tú	coges	vosotros(as)	cogéis
él / ella	coge	ellos / ellas	cogen
usted	coge	ustedes	cogen

comprender 了解

yo	comprendo	nosotros(as)	comprendemos
tú	comprendes	vosotros(as)	comprendéis
él / ella	comprende	ellos / ellas	comprenden
usted	comprende	ustedes	comprenden

responder 回答

yo	respondo	nosotros(as)	respondemos
tú	repondes	vosotros(as)	respondéis
él / ella	responde	ellos / ellas	responden
usted	responde	ustedes	responden

saber 知道

yo	sé	nosotros(as)	sabemos
tú	sabes	vosotros(as)	sabéis
él / ella	sabe	ellos / ellas	saben
usted	sabe	ustedes	saben

¿Dónde vives?

你住在哪裡？

Vivir 住

主詞		動詞變化	主詞		動詞變化
yo	我	vivo	nosotros(as)	我們	vivimos
tú	你	vives	vosotros(as)	你們	vivís
él / ella	他 / 她	vive	ellos / ellas	他們 / 她們	viven
usted	您	vive	ustedes	您們	viven

西班牙語我最行 ¡A hablar!

Vivo en el quinto piso.

我住在第五層樓。

Nosotros vivimos con tres extranjeros.

我們跟三位外國人住。

Mis compañeros viven en un apartamento pequeño.

我的同學們住在一間小公寓。

馬上開口說西語 ¡Manos a la obra!

Vivo en el quinto piso.

我住在第五層樓。

primer 第一	**segundo** 第二
tercer 第三	**cuarto** 第四
quinto 第五	**sexto** 第六
séptimo 第七	**octavo** 第八
noveno 第九	**décimo** 第十

小提醒 primero（第一）和tercero（第三）放在陽性單數名詞前時，要省略字尾的「o」。

西語會話開口說 ¡A practicar!

A: ¿Dónde vives?

你住在哪裡？

B: Vivo en el cuarto piso de aquel edificio.

我住在那棟建築物的第四層樓。

A: ¿Con quién vives?

你跟誰住？

B: Vivo con un colombiano y una chilena.

我跟一位哥倫比亞男性和一位智利女性住。

西語動詞真簡單 ¡Qué fácil!

22

abrir 打開

asistir 參加、出席

cubrir 蓋、遮

discutir 討論

escribir 寫

Ellos abren las ventanas de la habitación.

他們打開房間的窗戶。

Yo siempre asisto a todas las reuniones.

我總是參加每個會議。

Mi mamá cubre la mesa con un mantel.

我的媽媽用一塊桌巾覆蓋桌子。

Vosotros discutís ese problema en el salón.

你們在客廳討論那個問題。

Nosotros escribimos un ensayo sobre la contaminación.

我們寫一篇關於汙染的文章。

西語動詞加油站 ¡Ánimo!

現在時規則變化動詞：字尾是「ir」

abrir 打開

yo	abro	nosotros(as)	abrimos
tú	abres	vosotros(as)	abrís
él / ella	abre	ellos / ellas	abren
usted	abre	ustedes	abren

asistir 參加、出席

yo	asisto	nosotros(as)	asistimos
tú	asistes	vosotros(as)	asistís
él / ella	asiste	ellos / ellas	asisten
usted	asiste	ustedes	asisten

cubrir 蓋、遮

yo	cubro	nosotros(as)	cubrimos
tú	cubres	vosotros(as)	cubrís
él / ella	cubre	ellos / ellas	cubren
usted	cubre	ustedes	cubren

discutir 討論

yo	discuto	nosotros(as)	discutimos
tú	discutes	vosotros(as)	discutís
él / ella	discute	ellos / ellas	discuten
usted	discute	ustedes	discuten

escribir 寫

yo	escribo	nosotros(as)	escribimos
tú	escribes	vosotros(as)	escribís
él / ella	escribe	ellos / ellas	escriben
usted	escribe	ustedes	escriben

¿Cuáles países de América Latina conoces?

23

你認識哪些拉丁美洲國家？

Conocer 認識

主詞		動詞變化	主詞		動詞變化
yo	我	conozco	nosotros(as)	我們	conocemos
tú	你	conoces	vosotros(as)	你們	conocéis
él / ella	他 / 她	conoce	ellos / ellas	他們 / 她們	conocen
usted	您	conoce	ustedes	您們	conocen

西班牙語我最行 ¡A hablar!

Conozco varias ciudades de España.

我認識很多西班牙的城市。

Mi tía conoce a todas las personas que viven en este barrio.

我的阿姨認識住在這個社區的所有人。

Ellos conocen muy bien la cultura china.

他們很了解中國文化。

馬上開口說西語 ¡Manos a la obra!

Conozco varias ciudades de España.

我認識很多西班牙的城市。

México 墨西哥

Guatemala 瓜地馬拉

Costa Rica 哥斯大黎加

Panamá 巴拿馬

Colombia 哥倫比亞

Cuba 古巴

Venezuela 委內瑞拉

Ecuador 厄瓜多

Perú 祕魯

Bolivia 玻利維亞

Chile 智利

Argentina 阿根廷

西語會話開口說 ¡A practicar!

A: Viajo a Colombia la próxima semana.

我下週去哥倫比亞旅行。

B: ¿De verdad? Dime, ¿cuáles países de América Latina conoces?

真的嗎？告訴我，你認識拉丁美洲的哪些國家？

A: Guatemala, Colombia y Ecuador.

瓜地馬拉、哥倫比亞和厄瓜多。

B: ¡Grandioso!

太棒了！

¿Qué hace tu madre en la cocina?

♪ 24

你的媽媽在廚房做什麼？

Hacer 做

主詞		動詞變化	主詞		動詞變化
yo	我	hago	nosotros(as)	我們	hacemos
tú	你	haces	vosotros(as)	你們	hacéis
él / ella	他 / 她	hace	ellos / ellas	他們 / 她們	hacen
usted	您	hace	ustedes	您們	hacen

西班牙語我最行 ¡A hablar!

Mi madre hace un pollo en salsa todos los fines de semana.

我媽媽每個週末做醬燒雞肉。

Yo hago deporte en el parque todas las mañanas.

我每天早上在公園做運動。

Mi primo siempre se hace el tonto cuando escucha la frase “Hay que pagar la cuenta”.

我表哥聽到「要買單了」總是裝傻假裝沒聽到。

馬上開口說西語 ¡Manos a la obra!

Mi madre hace un pollo en salsa todos los fines de semana.

我媽媽每個週末做醬燒雞肉。

relleno 鑲（塞）

a la plancha 煎（鐵板）

frito 炸

ahumado 煙燻

al vapor 清蒸

cocido en el horno 烘烤

en vinagre 醃漬

en almíbar 糖漬

西語會話開口說 ¡A practicar!

A: ¿Qué tipo de comida preparamos para la fiesta?

我們為派對準備哪種食物？

B: ¿Qué te parece un pollo en salsa?

你覺得醬燒雞肉如何？

C: ¡Qué buena idea! Tu madre hace un pollo en salsa delicioso.

好主意！你媽媽做的醬燒雞肉非常好吃。

西語動詞真簡單 ¡Qué fácil!

25

conducir 開車

poner 放

ofrecer 提供

agradecer 感謝

salir 出去

Conduzco el coche de mi hermano hoy.

我今天開我哥哥的車。

Yo pongo el pastel de cumpleaños en la nevera.

我在冰箱放了一個生日蛋糕。

Te agradezco la ayuda.

我感謝你的幫忙。

Le ofrezco este ordenador con un veinte por ciento de descuento.

這部電腦我提供給您八折的折扣。

Salgo con mis amigos todos los fines de semana.

我每個週末跟我的朋友一起出去。

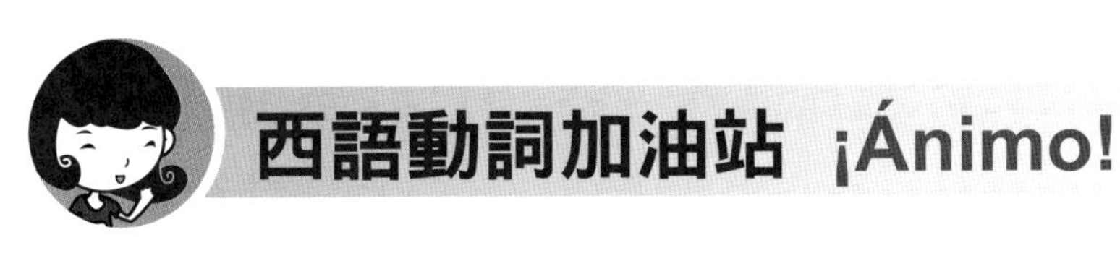

現在時不規則變化動詞：字尾改為「zc」或「go」

conducir 開車

yo	conduzco	nosotros(as)	conducimos
tú	conduces	vosotros(as)	conducís
él / ella	conduce	ellos / ellas	conducen
usted	conduce	ustedes	conducen

poner 放

yo	pongo	nosotros(as)	ponemos
tú	pones	vosotros(as)	ponéis
él / ella	pone	ellos / ellas	ponen
usted	pone	ustedes	ponen

ofrecer 提供

yo	ofrezco	nosotros(as)	ofrecemos
tú	ofreces	vosotros(as)	ofrecéis
él / ella	ofrece	ellos / ellas	ofrecen
usted	ofrece	ustedes	ofrecen

agradecer 感謝

yo	agradezco	nosotros(as)	agradecemos
tú	agradeces	vosotros(as)	agradecéis
él / ella	agradece	ellos / ellas	agradecen
usted	agradece	ustedes	agradecen

salir 出去

yo	salgo	nosotros(as)	salimos
tú	sales	vosotros(as)	salís
él / ella	sale	ellos / ellas	salen
usted	sale	ustedes	salen

¡Apliquemos lo aprendido!
一起來用西語吧！

寫一寫 ¡A escribir!

請按照不同人稱，寫出下列動詞的現在時變化。

beber (tú) ____bebes____

escuchar (él) ________

comprender (yo) ________

cubrir (ellos) ________

asistir (vosotros) ________

hacer (yo) ________

coger (tú) ________

ofrecer (yo) ________

escribir (usted) ________

discutir (yo) ________

abrir (nosotros) ________

nadar (usted) ________

estudiar (ella) ________

aprender (él) ________

trabajar (usted) ________

responder (yo) ________

vivir (nosotros) ________

salir (yo) ________

聽一聽 ¡A escuchar!

♪ 26

請聆聽光碟中的問題，圈出最適合的回答。

❶ ¿Cuándo escuchas música?

1. todos los días	2. Juan y yo	3. en el parque

❷ ♪

1. hoy	2. en el aeropuerto	3. mi tío

❸ ♪

1. tres vasos	2. en la piscina	3. cinco horas

❹ ♪

1. en Taipei	2. todas las tardes	3. portugués

❺ ♪

1. en la escuela	2. con sus amigos	3. inglés

❻ ♪

1. México y Cuba	2. hoy	3. francés

¡Dulces sueños!
祝你有個美夢！

Unidad 4

你的午餐吃什麼？

學習重點 Recuerda

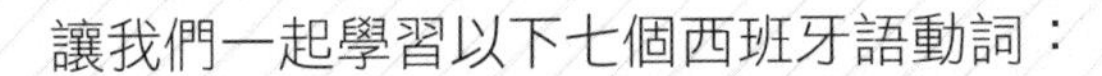

讓我們一起學習以下七個西班牙語動詞：

- 4-1 Pensar 想、想念、認為
- 4-2 Encender 開
- 4-3 Preferir 比較喜歡
- 4-4 Almozar 吃午餐
- 4-5 Volver 回來、再
- 4-6 Dormir 睡
- 4-7 Elegir 選擇

搭配七個動詞，我們還會學習「人物」、「家電用品」、「材質」、「食物」、「月份」、「居家環境」、「外觀、口味、感受的形容詞」的西班牙語。

最後，我們會延伸學習下面的西語動詞：「atender」（服務）、「cerrar」（關）、「empezar」（開始）、「entender」（了解）、「querer」（想要）、「colgar」（掛）、「devolver」（歸還）、「encontrar」（找）、「mover」（搬）、「soñar」（夢、夢想）、「corregir」（修改）、「medir」（測量）、「repetir」（重複）、「reír」（笑）、「seguir」（跟隨、繼續）。

西班牙語文法 Gramática

讓我們一起學習以下的西班牙語文法：

- 陳述式現在時不規則動詞變化（Presente de indicativo irregular）
- 不定數量詞（Los indefinidos）
- 比較級（Los comparativos no léxicos）

這個單元將要學習七個西語動詞的陳述式現在時變化，它們都屬於不規則變化的動詞。

另外，我們還要學習不定數量詞與比較級的用法，讓您可以說出更生動、活潑的西語。

陳述式現在時不規則動詞變化
Presente de indicativo irregular

用法

（1）詢問或提供關於目前時刻的資訊。（見Unidad 1）

（2）表達習慣或頻繁發生的事件。（見Unidad 1）

（3）表達未來已經計畫好、確定將實現的動作或事件。

例 **El concierto empieza a las siete y media de la noche.**
演唱會在晚上七點半開始。

陳述式現在時常與下列西語單字一起使用：

siempre 總是

a menudo 經常

todos los días 每天

nunca 從不

a veces 有時候

todos los fines de semana 每個週末

todas las semanas 每個星期

todas las mañanas / tardes / noches 每天上午 / 下午 / 晚上

說明

Unidad 4所介紹的西語動詞都屬於不規則變化動詞其他的動詞：「pensar」（想、想念、認為）、「encender」（開）、「preferir」（比較喜歡），「almorzar」（吃午餐）、「volver」（回來、再）、「dormir」（睡）、「elegir」（選擇），請特別注意這些動詞搭配主詞

「nosotros(as) / vosotros(as)」（我們 / 你們）使用時，動詞中的字母「e」、「o」、「u」不需做任何變化。

五種陳述式現在時不規則動詞變化如下：

（1）「e」變化成「ie」

例 Pensar 想

主詞	動詞變化	主詞	動詞變化
yo 我	pienso	nosotros(as) 我們	pensamos
tú 你	piensas	vosotros(as) 你們	pensáis
él / ella 他 / 她	piensa	ellos / ellas 他們 / 她們	piensan
usted 您	piensa	ustedes 您們	piensan

相同變化的動詞：「encender」（開）、「preferir」（比較喜歡）、「atender」（服務）、「cerrar」（關）、「empezar」（開始）、「entender」（了解）、「querer」（想要）、「tener」（有）、「sentir」（感覺）。

例 **Pienso mucho en mi familia.** 我很想念我的家人。

（2）「o」變化成「ue」

例 Almorzar 吃午餐

主詞	動詞變化	主詞	動詞變化
yo 我	almuerzo	nosotros(as) 我們	almorzamos
tú 你	almuerzas	vosotros(as) 你們	almorzáis
él / ella 他 / 她	almuerza	ellos / ellas 他們 / 她們	almuerzan
usted 您	almuerza	ustedes 您們	almuerzan

相同變化的動詞：「volver」（回來、再）、「colgar」（掛）、「devolver」（歸還）、「encontrar」（找）、「mover」（搬）、「soñar」（夢、夢想）。

例 **Almuerzo arroz, pescado y ensalada.**

我的午餐吃飯、魚和沙拉。

（3）「e」變化成「i」

例 **Elegir** 選擇

主詞	動詞變化	主詞	動詞變化
yo 我	elijo	nosotros(as) 我們	elegimos
tú 你	eliges	vosotros(as) 你們	elegís
él / ella 他 / 她	elige	ellos / ellas 他們 / 她們	eligen
usted 您	elige	ustedes 您們	eligen

相同變化的動詞：「corregir」（修改）、「medir」（測量）、「repetir」（重複）、「reír」（笑）、「seguir」（跟隨、繼續）。

例 **Ellos siempre eligen comida coreana.**

他們總是選擇韓國料理。

（4）「u」變化成「ue」

例 **Jugar** 玩

主詞	動詞變化	主詞	動詞變化
yo 我	juego	nosotros(as) 我們	jugamos
tú 你	juegas	vosotros(as) 你們	jugáis
él / ella 他 / 她	juega	ellos / ellas 他們 / 她們	juegan
usted 您	juega	ustedes 您們	juegan

例 **Yo juego baloncesto.**

我打籃球。

（5）「u」變化成「uy」

例 **Construir** 建造、建築

主詞	動詞變化	主詞	動詞變化
yo 我	construyo	nosotros(as) 我們	construimos
tú 你	construyes	vosotros(as) 你們	construís
él / ella 他 / 她	construye	ellos / ellas 他們 / 她們	construyen
usted 您	construye	ustedes 您們	construyen

相同變化的動詞：「influir」（影響）、「incluir」（包括）、「destruir」（摧毀、破壞）。

例 **Yo construyo una casa en las montañas.**

我在山上建造了一棟房子。

小提醒 「ir」（去），也是常用的現在時不規則變化動詞，根據不同人稱代名詞的現在時變化如下：「yo voy」、「tú vas」、「él / ella / usted va」、「nosotros(as) vamos」、「vosotros(as) vais」、「ellos / ellas / ustedes van」。「ir」必須搭配介系詞「a」使用，句型是：「ir＋a＋地點」（去某個地方）。因為說話時，「a el」會連音讀成「al」，所以「a el」可以寫成「al」，例如：「Yo voy al parque.」（我去公園。）最後，「ir」也可以搭配原形動詞一起使用，表達未來即將發生的事情（未來時），例如：「Yo voy a aprender español.」（我將會學習西語。）

不定數量詞 Los indefinidos

副詞		形容詞（陽性）	形容詞（陰性）
poco 少、很少	單數	poco	poca
	複數	pocos	pocas
mucho 很多	單數	mucho	mucha
	複數	muchos	muchas
bastante 非常多、相當多	單數	bastante	
	複數	bastantes	
demasiado 太多	單數	demasiado	demasiada
	複數	demasiados	demasiadas

用法

（1）表達數量，放在名詞之前，必須跟該名詞的陽性或陰性、單數或複數保持一致。也可以代替已經出現過的名詞，避免重複。

（2）表示動作的進展程度。直接用來修飾動詞，不需變化。

例句

Mi amiga piensa comprar poca comida. 我的朋友想買一點點食物。

Ella come mucho. 她吃很多。

比較級 Los comparativos no léxicos

	在形容詞與副詞之後	在名詞之後	在動詞之後
＋ 比較高	más... que	más... que	動詞＋más que
－ 比較低	menos... que	menos... que	動詞＋menos que
＝ 一樣	tan... como	tanto(a), tantos(as)... como	動詞＋tanto como

（1）較高程度

動詞＋más＋（名詞 / 形容詞 / 副詞）＋que＋名詞 / 代名詞 / 副詞

例 **Yo duermo más que mi mamá.** 我比我的媽媽睡得多。

（2）較低程度

動詞＋menos＋（名詞 / 形容詞 / 副詞）＋qu＋名詞 / 代名詞 / 副詞

例 **Desayuno menos que tú.** 我早餐吃得比你少。

（3）相同等級

動詞＋tan＋形容詞 / 副詞＋como＋名詞 / 代名詞 / 動詞 / 副詞

例 **Esta camisa es tan cara como aquella bufanda.**
這件襯衫跟那條圍巾一樣貴。

Yo elijo este vestido porque es más largo que aquel.
我選擇這件洋裝，因為它比那件長。

Los pantalones son menos caros que los vaqueros.
這些褲子比那些牛仔褲更便宜。

Esta película es tan interesante como aquella.
這部電影跟那部電影一樣有趣。

¿En quién piensas?

你在想誰？

27

Pensar 想、想念、認為

主詞		動詞變化	主詞		動詞變化
yo	我	pienso	nosotros(as)	我們	pensamos
tú	你	piensas	vosotros(as)	你們	pensáis
él / ella	他 / 她	piensa	ellos / ellas	他們 / 她們	piensan
usted	您	piensa	ustedes	您們	piensan

西班牙語我最行 ¡A hablar!

Pienso mucho en mi familia.

我很想念我的家人。

Mi amiga piensa comprar un pollo en salsa.

我的朋友想買醬燒雞肉。

Pensamos que ese tema es bastante importante.

我們認為那個主題相當重要。

馬上開口說西語 ¡Manos a la obra!

Pienso mucho en mi familia.
我很想念我的家人。

novio / novia 男朋友 / 女朋友

compañero / compañera 同學（男 / 女）

amigo / amiga 朋友（男 / 女）

prometido / prometida 未婚夫 / 未婚妻

Mi amiga piensa comprar un pollo en salsa.
我的朋友想買醬燒雞肉。

estudiar portugués 學習葡萄牙語

beber una copa de vino 喝一杯紅酒

discutir el tema 討論這個話題

tomar el vuelo 52 搭乘52號班機

vender su casa 出售他的房子

escribir un ensayo 寫一篇文章

西語會話開口說 ¡A practicar!

A: ¿En quién piensas? 你在想誰？

B: En mi familia. 我在想我的家人。

A: ¿Piensas visitarlos este fin de semana? 你想要在週末拜訪他們嗎？

B: ¡Claro! 當然！

¿Cuándo enciendes el aire acondicionado?

28

你什麼時候開冷氣？

Encender 開

主詞		動詞變化	主詞		動詞變化
yo	我	enciendo	nosotros(as)	我們	encendemos
tú	你	enciendes	vosotros(as)	你們	encendéis
él / ella	他 / 她	enciende	ellos / ellas	他們 / 她們	encienden
usted	您	enciende	ustedes	您們	encienden

西班牙語我最行 ¡A hablar!

Yo enciendo el aire acondicionado todas las noches.

我每天晚上開冷氣。

Mi madre enciende la radio todas las mañanas.

我的媽媽每天早上打開收音機。

Nosotros encendemos el ventilador porque tenemos mucho calor.

因為天氣很熱，所以我們開電風扇。

馬上開口說西語 ¡Manos a la obra!

Yo enciendo el aire acondicionado.

我開冷氣。

la calefacción 暖氣

la cocina eléctrica 電爐

el microondas 微波爐

la lavadora 洗衣機

el ventilador 電風扇

la lavavajillas 洗碗機

la aspiradora 吸塵器

la secadora 烘乾機

西語會話開口說 ¡A practicar!

A: ¿Qué enciendes todas las noches?

你每天晚上開什麼？

B: El aire acondicionado.

我開冷氣。

A: ¿Cuántas horas?

開幾個小時？

B: Alrededor de siete horas.

大約七個小時。

¿Qué tipo de material prefieres?

♪29

你比較喜歡哪種材質？

Preferir 比較喜歡

主詞		動詞變化	主詞		動詞變化
yo	我	prefiero	nosotros(as)	我們	preferimos
tú	你	prefieres	vosotros(as)	你們	preferís
él / ella	他 / 她	prefiere	ellos / ellas	他們 / 她們	prefieren
usted	您	prefiere	ustedes	您們	prefieren

西班牙語我最行 ¡A hablar!

Yo prefiero las camisas de algodón.

我比較喜歡棉質的衣服。

Ella prefiere los adornos de metal.

她比較喜歡金屬的飾品。

Mi compañera de oficina prefiere los anillos de oro.

我的同事比較喜歡金戒指。

馬上開口說西語 ¡Manos a la obra!

Yo prefiero las camisas de algodón.
我比較喜歡棉質的衣服。

lana 羊毛	**seda** 絲綢
poliéster 聚酯纖維	

Ella prefiere los adornos de metal.
她比較喜歡金屬的飾品。

plástico 塑膠	**madera** 木頭
aluminio 鋁	**tela** 布
oro 金	**plata** 銀

西語會話開口說 ¡A practicar!

A: ¿Cuál anillo prefieres?
你比較喜歡哪一種戒指？

B: Aquel anillo que está en la esquina.
在轉角的那一隻。

A: ¿Por qué?
為什麼？

B: Prefiero los anillos de oro.
我比較喜歡金戒指。

西語動詞真簡單 ¡Qué fácil!

♪ 30

atender 服務

cerrar 關

empezar 開始

entender 了解

querer 想要

Las azafatas de aquella aerolínea atienden muy bien.

那家航空公司的空服員服務非常好。

Yo cierro la ventana porque tengo mucho frío.

因為天氣很冷，所以我關上窗戶。

El concierto empieza a las siete y media de la noche.

演唱會在晚上七點半開始。

No entiendo esta oración.

我不了解這個句子。

Yo quiero un helado de vainilla.

我想要一個香草冰淇淋。

西語動詞加油站 ¡Ánimo!

現在時不規則變化動詞：「e」變化成「ie」

atender 服務

yo	atiendo	nosotros(as)	atendemos
tú	atiendes	vosotros(as)	atendéis
él / ella	atiende	ellos / ellas	atienden
usted	atiende	ustedes	atienden

cerrar 關

yo	cierro	nosotros(as)	cerramos
tú	cierras	vosotros(as)	cerráis
él / ella	cierra	ellos / ellas	cierran
usted	cierra	ustedes	cierran

empezar 開始

yo	empiezo	nosotros(as)	empezamos
tú	empiezas	vosotros(as)	empezáis
él / ella	empieza	ellos / ellas	empiezan
usted	empieza	ustedes	empiezan

entender 了解

yo	entiendo	nosotros(as)	entendemos
tú	entiendes	vosotros(as)	entendéis
él / ella	entiende	ellos / ellas	entienden
usted	entiende	ustedes	entienden

querer 想要

yo	quiero	nosotros(as)	queremos
tú	quieres	vosotros(as)	queréis
él / ella	quiere	ellos / ellas	quieren
usted	quiere	ustedes	quieren

¿Qué almuerzas?

你的午餐吃什麼？

Almorzar 吃午餐

主詞		動詞變化	主詞		動詞變化
yo	我	almuerzo	nosotros(as)	我們	almorzamos
tú	你	almuerzas	vosotros(as)	你們	almorzáis
él / ella	他 / 她	almuerza	ellos / ellas	他們 / 她們	almuerzan
usted	您	almuerza	ustedes	您們	almuerzan

西班牙語我最行 ¡A hablar!

Almuerzo arroz, pescado y ensalada.

我的午餐吃飯、魚和沙拉。

Nosotros almorzamos en aquel restaurante francés.

我們在這家法國餐廳吃午餐。

Vosotros almorzáis a las doce y media.

你們在下午十二點半吃午餐。

馬上開口說西語 ¡Manos a la obra!

Almuerzo arroz, pescado y ensalada.

我的午餐吃飯、魚和沙拉。

fideos 麵

chuletas de cordero 小羊排

chuletas de cerdo 豬排

cangrejo 螃蟹

calamar 魷魚

mejillón 貽貝

sardina 沙丁魚

carne asada 烤肉

pollo 雞肉

atún 鮪魚

pulpo 章魚

langosta 龍蝦

almeja 蛤蠣

salmón 鮭魚

西語會話開口說 ¡A practicar!

A: ¿Dónde almuerzas todos los días?

你每天在哪裡吃午餐？

B: En el restaurante que está cerca de la oficina.

在辦公室附近的一家餐廳。

A: ¿Qué almuerzas?

你午餐吃什麼？

B: Generalmente arroz, ensalada y carne.

通常吃飯、沙拉和肉。

¿Cuándo vuelves a Perú? 32
你什麼時候回祕魯？

Volver 回來、再

主詞		動詞變化	主詞		動詞變化
yo	我	vuelvo	nosotros(as)	我們	volvemos
tú	你	vuelves	vosotros(as)	你們	volvéis
él / ella	他 / 她	vuelve	ellos / ellas	他們 / 她們	vuelven
usted	您	vuelve	ustedes	您們	vuelven

西班牙語我最行 ¡A hablar!

Vuelvo a Perú en diciembre.

我十二月回祕魯。

Mi padre siempre vuelve tarde a casa.

我的爸爸總是很晚回家。

Volvemos a discutir el tema la próxima semana .

我們下週再討論這個話題。

馬上開口說西語 ¡Manos a la obra!

Vuelvo a Perú en diciembre.

我十二月回祕魯。

enero 一月

febrero 二月

marzo 三月

abril 四月

mayo 五月

junio 六月

julio 七月

agosto 八月

septiembre 九月

octubre 十月

noviembre 十一月

diciembre 十二月

Mi padre vuelve tarde a casa.

我的爸爸很晚回家。

temprano 很早

alrededor de las ocho 八點左右

antes de las nueve 晚上九點前

después de las diez 十點後

西語會話開口說 ¡A practicar!

A: ¿Cuándo vuelves a Argentina? 你什麼時候回阿根廷？

B: Quizás en diciembre. 也許在十二月。

A: ¡Estupendo! Te esperamos. 太好了！我們等你。

¿Dónde duermes?

你在哪裡睡覺？

Dormir 睡

主詞		動詞變化	主詞		動詞變化
yo	我	duermo	nosotros(as)	我們	dormimos
tú	你	duermes	vosotros(as)	你們	dormís
él / ella	他 / 她	duerme	ellos / ellas	他們 / 她們	duermen
usted	您	duerme	ustedes	您們	duermen

西班牙語我最行 ¡A hablar!

Yo duermo en el dormitorio.

我在臥房睡覺。

Nuestro hijo menor duerme con nosotros .

我們的小兒子跟我們一起睡。

Tú duermes en la habitación de huéspedes esta noche.

你今晚在客房睡覺。

馬上開口說西語 ¡Manos a la obra!

Yo duermo en el dormitorio.

我在臥房睡覺。

la habitación 房間

el cuarto 房間

la habitación de huéspedes 客房

la habitación principal 主臥房

el cuarto de empleada 傭人房

el salón / la sala 客廳

讓我們一起學習更多居家環境的西班牙語。

la cocina 廚房

el jardín 花園

el baño 廁所

el comedor 飯廳

el garaje 車庫

el balcón 陽台

西語會話開口說 ¡A practicar!

A: ¿Cuántos dormitorios hay en tu casa?

你家有幾間臥房？

B: Cuatro en total. Tres dormitorios y un cuarto de empleada.

總共有四間。三間臥房和一間傭人房。

A: ¿Dónde duermes tú?

你在哪裡睡覺？

B: En el dormitorio principal.

在主臥室。

西語動詞真簡單 ¡Qué fácil!

♪ 34

colgar 掛

devolver 歸還

encontrar 找

mover 搬

soñar 夢、夢想

Mi hermana cuelga su ropa en el armario.

我的妹妹把她的衣服掛在衣櫃裡。

Te devuelvo el dinero mañana. ¿Está bien?

我明天把錢還給你。好嗎？

No encuentro mi bolígrafo.

我找不到我的原子筆。

Mis vecinos mueven sus muebles cada seis meses.

我的鄰居每六個月搬動家具。

Yo sueño con viajar alrededor del mundo.

我夢想可以環遊世界。

西語動詞加油站 ¡Ánimo!

現在時不規則變化動詞：「o」變化成「ue」

colgar 掛

yo	cuelgo	nosotros(as)	colgamos
tú	cuelgas	vosotros(as)	colgáis
él / ella	cuelga	ellos / ellas	cuelgan
usted	cuelga	ustedes	cuelgan

devolver 歸還

yo	devuelvo	nosotros(as)	devolvemos
tú	devuelves	vosotros(as)	devolvéis
él / ella	devuelve	ellos / ellas	devuelven
usted	devuelve	ustedes	devuelven

encontrar 找

yo	encuentro	nosotros(as)	encotramos
tú	encuentras	vosotros(as)	encontráis
él / ella	encuentra	ellos / ellas	encuentran
usted	encuentra	ustedes	encuentran

mover 搬

yo	muevo	nosotros(as)	movemos
tú	mueves	vosotros(as)	movéis
él / ella	mueve	ellos / ellas	mueven
usted	mueve	ustedes	mueven

soñar 夢、夢想

yo	sueño	nosotros(as)	soñamos
tú	sueñas	vosotros(as)	soñáis
él / ella	sueña	ellos / ellas	sueñan
usted	sueña	ustedes	sueñan

¿Cuál vestido eliges? 你選哪件洋裝？

♪ 35

Elegir 選擇

主詞		動詞變化	主詞		動詞變化
yo	我	elijo	nosotros(as)	我們	elegimos
tú	你	eliges	vosotros(as)	你們	elegís
él / ella	他 / 她	elige	ellos / ellas	他們 / 她們	eligen
usted	您	elige	ustedes	您們	eligen

西班牙語我最行 ¡A hablar!

Yo elijo este vestido porque es más largo que aquel.

我選擇這件洋裝，因為它比那件長。

Ellos siempre eligen comida coreana.

他們總是選擇韓國料理。

Yo elijo esta película porque es más divertida que la otra.

我選擇這部電影，因為它比另一部電影更有趣。

馬上開口說西語 ¡Manos a la obra!

Yo elijo este vestido porque es más largo que aquel.

我選擇這件洋裝，因為它比那件長。

corto / corta 短的（陽性 / 陰性）	**bonito / bonita** 好看的（陽性 / 陰性）
grande 大的	**pequeño / pequeña** 小的（陽性 / 陰性）
estrecho / estrecha 窄的（陽性 / 陰性）	**ancho / ancha** 寬的（陽性 / 陰性）

Ella elige esta sopa porque es menos picante.

她選擇這種湯，因為比較不辣。

salado / salada 鹹的（陽性 / 陰性）	**amargo / amarga** 苦的（陽性 / 陰性）
ácido / ácida 酸的（陽性 / 陰性）	**dulce** 甜的

Esta película es tan interesante como aquella.

這部電影跟那部電影一樣有趣。

aburrido / aburrida 無聊的（陽性 / 陰性）	**divertido / divertida** 好笑的（陽性 / 陰性）

西語會話開口說 ¡A practicar!

A: Yo quiero esta camisa amarilla. ¿Y tú?

我想要這件黃色的襯衫。你呢？

B: Pues yo elijo la negra.

那麼我選擇黑色的。

西語動詞真簡單 ¡Qué fácil! ♪36

corregir 修改

medir 測量

repetir 重複

reír 笑

seguir 跟隨、繼續

El supervisor corrige la propuesta.
主管修改提案。

Yo mido un metro con setenta centímetros.
我測量出來是一公尺七十公分。

El profesor repite la oración dos veces.
教授重複二次句子。

Tú te ríes de los chistes de Diego.
迪耶哥的笑話讓你笑了。

Nosotros te seguimos. ¿Te parece?
我們要跟隨你。你同意嗎？

西語動詞加油站 ¡Ánimo!

現在時不規則變化動詞：「e」變化成「i」

corregir 修改

yo	corrijo	nosotros(as)	corregimos
tú	corriges	vosotros(as)	corregís
él / ella	corrige	ellos / ellas	corrigen
usted	corrige	ustedes	corrigen

medir 測量

yo	mido	nosotros(as)	medimos
tú	mides	vosotros(as)	medís
él / ella	mide	ellos / ellas	miden
usted	mide	ustedes	miden

repetir 重複

yo	repito	nosotros(as)	repetimos
tú	repites	vosotros(as)	repetís
él / ella	repite	ellos / ellas	repiten
usted	repite	ustedes	repiten

reír 笑

yo	río	nosotros(as)	reímos
tú	ríes	vosotros(as)	reís
él / ella	ríe	ellos / ellas	ríen
usted	ríe	ustedes	ríen

seguir 繼續

yo	sigo	nosotros(as)	seguimos
tú	sigues	vosotros(as)	seguís
él / ella	sigue	ellos / ellas	siguen
usted	sigue	ustedes	siguen

¡Apliquemos lo aprendido!
一起來用西語吧！

寫一寫 ¡A escribir!

閱讀下面的句子，正確的句子請填0，錯誤的句子請填X。

1. (　　) Ella volve a las tres de la tarde.
2. (　　) Ella cuelga una pintura de Picasso.
3. (　　) Yo elijo este coche porque es más grande.
4. (　　) Yo almorzo con mis compañeros.
5. (　　) Tú correges la tarea de tu hijo.
6. (　　) Nosotros dormimos en la habitación sesenta.
7. (　　) Tengo que devuelvo los libros.
8. (　　) Ellos no quieren beber vino ahora.
9. (　　) La película empeza a las ocho de la noche.
10. (　　) Mi primo prefiere las chaquetas de algodón.

聽一聽 ¡A escuchar!

♪ 37

請聆聽光碟中的問題，圈出最適合的回答。

❶ ♪ ¿En quién piensas?

1. en mi novia　　2. hoy　　3. en el restaurante

❷ ♪

1. en mi amigo　　2. el anillo de oro　　3. todos los días

❸ ♪

1. todos los días　　2. en la cocina　　3. María

❹ ♪

1. hoy　　2. lámpara　　3. en el restaurante

❺ ♪

1. ocho libros　　2. cinco euros　　3. en diciembre

❻ ♪

1. diez personas　　2. a las siete　　3. plástico

Dicho y hecho.
說到做到。

Unidad 5

你週末喜歡做什麼？

學習重點 Recuerda

讓我們一起學習以下六個西班牙語動詞：

- 5-1 Ducharse 洗澡
- 5-2 Quitarse 脫掉
- 5-3 Sentarse 坐
- 5-4 Gustar 喜歡
- 5-5 Doler 痛
- 5-6 Traer 帶

搭配六個動詞，我們還會學習「時間」、「服飾」、「地方副詞」、「休閒活動」、「身體部位」、「保養品」的西班牙語。

最後，我們會延伸學習下面的西語動詞：「acostarse」（就寢）、「despertarse」（醒來）、「encantar」（喜愛）、「molestar」（討厭、打擾）、「sentirse」（覺得）。

西班牙語文法 Gramática

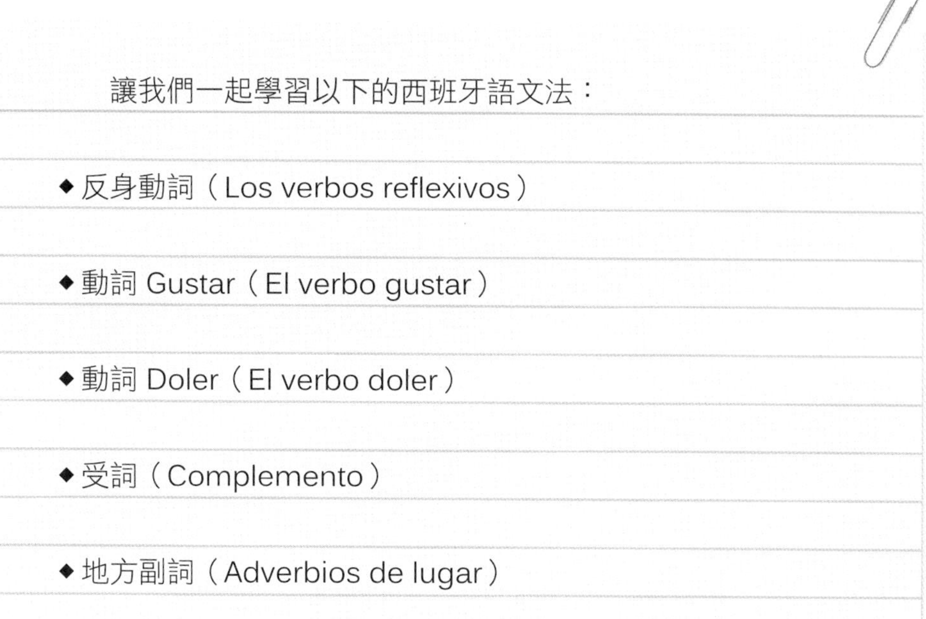

讓我們一起學習以下的西班牙語文法：

- 反身動詞（Los verbos reflexivos）
- 動詞 Gustar（El verbo gustar）
- 動詞 Doler（El verbo doler）
- 受詞（Complemento）
- 地方副詞（Adverbios de lugar）

反身動詞 Los verbos reflexivos

當一個動作的執行者和接受者都是同一個人時，必須使用西語的反身動詞，不同人稱代名詞的反身代名詞變化如下：

主詞	代名詞
yo 我	me
tú 你	te
él / ella / usted 他 / 她 / 您	se
nosotros / nosotras 我們（男性）/ 我們（女性）	nos
vosotros / vosotras 你們（男性）/ 妳們（女性）	os
ellos / ellas / ustedes 他們 / 她們 / 您們	se

（1）反身受詞一定要放在動詞前面。

例 **Me ducho a las seis de la mañana.** 我在早上六點洗澡。

（2）如果一個句子同時使用兩個動詞，此時反身受詞要放在第一個動詞前面；也可以放在原形動詞的後面，和這個原形動詞寫在一起。

例 **Mi abuelo se va a despertar temprano.**

Mi abuelo va a despertarse temprano.

我的爺爺會很早醒來。

（3）下面的動詞一定要搭配反身受詞來使用：「llamarse」（叫）、「divertirse」（消遣、娛樂）、「aburrirse」（厭煩、厭倦）、「alegrarse」（高興、感到滿意）。

（4）有些反身動詞是不規則變化動詞，請特別留意。例如：「sentarse」（坐），這個動詞的現在時變化必須將單字中的「e」改為「ie」，再按照不同人稱代名詞的動詞字尾來變化。

例 **Yo me siento aquí.** 我坐在這裡。

說明

反身動詞是指一個動作的執行者和接受者是同一個人，如果想說：「我洗我的臉。」，不能按照字面意思說成：「Yo lavo la cara para mi.」，正確的說法是：「Yo me lavo la cara.」，也就是：「Yo（我）me（對我）lavo（洗）la cara（臉）。」

記得，字尾有se的動詞就是反身動詞，例如：「despertarse」（醒來）、「levantarse」（起床）、「lavarse」（洗）、「ducharse」（洗澡）、「acostarse」（就寢）。

Mi primo se ducha antes de acostarse.

我的表哥在就寢前洗澡。

Me quito el abrigo.

我把大衣脫掉。

Mi primo se sienta en el piso.

我的表弟坐在地板上。（地上的西語也可說成：「**suelo**」。）

動詞 Gustar（El verbo gustar）

Gustar是用來表示喜好的動詞，西語的語意為：「使……喜歡」，按照主詞為單數名詞、原形動詞或複數名詞，而有以下二種用法：

1. 當主詞為單數名詞或原形動詞，使用gusta：

我喜歡	a mí	me		
你喜歡	a ti	te		el perro la casa
他喜歡 / 她喜歡 / 您喜歡	a él / a ella / a usted	le	gusta	
我們喜歡	a nosotros(as)	nos		
你們喜歡	a vosotros(as)	os		viajar
他們喜歡 / 她們喜歡 / 您們喜歡	a ellos / a ellas / a ustedes	les		

2. 當主詞為複數名詞，使用gustan：

我喜歡	a mí	me		
你喜歡	a ti	te		
他喜歡 / 她喜歡 / 您喜歡	a él / a ella / a usted	le	gustan	los gatos las camisas
我們喜歡	a nosotros(as)	nos		
你們喜歡	a vosotros(as)	os		
他們喜歡 / 她們喜歡 / 您們喜歡	a ellos / a ellas / a ustedes	les		

（1）當主詞為單數名詞或原形動詞時，使用第三人稱單數的現在時變化；當主詞為複數名詞時，使用第三人稱複數的現在時變化。

例 **Me gusta montar en bicicleta.** 我喜歡騎腳踏車。

A ella le gustan los pasteles de chocolate. 她喜歡巧克力蛋糕。

（2）句首的a mí、a ti、a él……等，一般情況下都可省略；在句中保留時，通常用來強調並區別與他人喜好的不同。

例 **A mí no me gusta esta película.** 我不喜歡這部電影。

（3）可搭配程度副詞來表示喜歡的程度，句型如下：

<table>
<tr><td>me</td><td rowspan="3">gusta</td><td rowspan="6">mucho 多
bastante 很多
poco 少
nada 沒有</td><td rowspan="3">el perro
viajar</td></tr>
<tr><td>te</td></tr>
<tr><td>le</td></tr>
<tr><td>nos</td><td rowspan="3">gustan</td><td rowspan="3">los gatos
las camisas</td></tr>
<tr><td>os</td></tr>
<tr><td>les</td></tr>
</table>

例 **Me gusta mucho montar en bicicleta.** 我很喜歡騎腳踏車。

（4）表示與他人喜歡感受的相同或不同，可使用下列西語：

喜歡感受相同	喜歡感受不同
A mí también. 我也喜歡。	A mí sí. 可是（但是）我喜歡。
A mí tampoco. 我也不喜歡。	A mí no. 可是（但是）我不喜歡。

例 **A: Me gusta viajar.** 我喜歡旅行。

B: A mí también. 我也喜歡。

A: No me gustan los gatos. 我不喜歡貓。

B: (Pues) a mí sí. 可是我喜歡。

A tu hermano le gusta el chaleco.

你的哥哥喜歡背心。

A ella le gustan estos pendientes.

她喜歡這些耳環。

動詞 Doler（El verbo doler）

Doler是用來表示疼痛感覺的動詞，西語的語意為：「使……疼痛」，按照主詞為單數名詞或複數名詞，而有以下二種用法：

1. 當主詞為單數名詞，使用duele：

我痛	a mí	me	duele	la cabeza
你痛	a ti	te		
他痛 / 她痛 / 您痛	a él / a ella / a usted	le		
我們痛	a nosotros(as)	nos		
你們痛	a vosotros(as)	os		
他們痛 / 她們痛 / 您們痛	a ellos / a ellas / a ustedes	les		

2. 當主詞為複數名詞，使用duelen：

我痛	a mí	me	duelen	los ojos
你痛	a ti	te		
他痛 / 她痛 / 您痛	a él / a ella / a usted	le		
我們痛	a nosotros(as)	nos		
你們痛	a vosotros(as)	os		
他們痛 / 她們痛 / 您們痛	a ellos / a ellas / a ustedes	les		

用法

（1）當主詞為單數名詞時，使用第三人稱單數的現在時變化；當主詞為複數名詞時，使用第三人稱複數的現在時變化。

例 **Me duele el estómago.** 我胃痛。

Le duelen las piernas. 他腳痛。

（2）句首的a mí、a ti、a él……等，通常可省略。

例 **(A mí) me duele la boca.** 我嘴巴痛。

（3）可搭配程度副詞來表示疼痛的程度，句型如下：

me	duele	mucho 多	la cabeza
te		bastante 很多	
le		poco 少	
nos	duelen	nada 沒有	los ojos
os			
les			

例 **Me duele un poco.** 我有一點點痛。

Me duele todo el cuerpo.

我全身疼痛。

Él está resfriado, tiene fiebre y le duele la cabeza.

他感冒了，還有發燒和頭痛。

受詞 Complemento

西語受詞分為直接受詞「complemento directo」與間接受詞「complemento indirecto」：

主詞	直接受詞	間接受詞
yo 我	me	me
tú 你	te	te
él / usted 他 / 您	lo	le / se
ella / usted 她 / 您	la	le / se
nosotros(as) 我們	nos	nos
vosotros(as) 你們	os	os
ellos / ustedes 他們 / 您們	los	les / se
ellas / ustedes 她們 / 您們	las	les / se
無人稱	lo	

（1）用來代替已經提過的人、事、物。

例 **A: ¿Dónde pusiste el diccionario?** 你把字典放在哪裡？

B: Lo puse en la estantería. 我把它放在書櫃裡。

（2）當受詞放在動詞之前時，先說間接受詞，再說直接受詞。

例 **Se lo vendí a mi compañero de oficina.** 我把它賣給我的同事。

（3）碰到原形動詞、現在進行時的動詞，受詞要放在該動詞之後並寫在一起，還要注意是否須標上重音以保留原來的重音位置。

（4）若同時出現二個動詞，受詞可放在第一個動詞之前或第二個原形動詞之後，並寫在一起。

例 **¿Me puede ayudar?** 您能幫忙我嗎？

¿Puede ayudarme? 您能幫忙我嗎？

（5）當間接受詞「le、les」碰到「lo、la、los、las」的時候，必須以「se」取代。

例 **A: ¿A quién le vendiste tu coche?** 你的車子賣給誰？

B: Se lo vendí a un compañero de oficina.

我把它賣給我的同事。

（6）間接受詞也可能和原本要代替的受詞在同一個句子中出現。

例 **Le pediré un coche nuevo a papá.** 我向我的爸爸要求新車。

地方副詞 Adverbios de lugar

常用西語地方副詞如下：

表達位置	
這裡	aquí / acá
那裡（離說話者稍遠）	ahí
那裡（離說話者很遠）	allí / allá

表達位置	
在……裡面 / 在……旁邊	en / al lado (de)
在……前面 / 在……後面 / 在……對面	delante (de) / detrás (de) / enfrente (de)
在……左邊 / 在……右邊	a la izquierda (de) / a la derecha (de)
在……下面	debajo (de)
在……上面	encima (de) / sobre
在……之內 / 在……之外	dentro (de) / fuera (de)
在A 和B 之間 / 在…周圍	entre A y B / alrededor (de)
表達距離	
在……附近 / 在……遠處	cerca (de) / lejos (de)

（1）表達人或物體間的位置。

地方副詞＋de＋名詞

例 **Yo me siento al lado de Juan.** 我坐在璜的旁邊。

（2）表達對於距離的判斷，可搭配「un poco、muy、bastante」一起使用。

例 **Chile está muy lejos de Taiwán.** 智利離台灣非常遠。

請特別留意下列地方副詞的差別。

「aquí / acá」（這裡）：離說話者近處。

「ahí」（那裡）：離說話者稍遠處。

「allí / allá」（那裡）：離說話者很遠處。

Nosotros nos sentamos aquí.

我們坐在這裡。

¿A qué hora te duchas? 38

你幾點洗澡？

Ducharse 洗澡

主詞		動詞變化	主詞		動詞變化
yo	我	me ducho	nosotros(as)	我們	nos duchamos
tú	你	te duchas	vosotros(as)	你們	os ducháis
él / ella	他 / 她	se ducha	ellos / ellas	他們 / 她們	se duchan
usted	您	se ducha	ustedes	您們	se duchan

西班牙語我最行 ¡A hablar!

Me ducho a las seis de la mañana.

我在早上六點洗澡。

Mi primo se ducha antes de acostarse.

我的表哥在就寢前洗澡。

Nosotros nos duchamos dos veces al día en verano.

我們夏天時一天洗兩次澡。

馬上開口說西語 ¡Manos a la obra!

Me ducho a las seis de la mañana.

我在早上六點洗澡。

1:00 a.m. **la una de la madrugada** 凌晨一點

7:30 a.m. **las siete y media de la mañana** 早上七點三十分
las siete y treinta de la mañana 早上七點三十分

8:45 a.m. **las nueve menos cuarto de la mañana** 早上八點四十五分
las ocho y cuarenta y cinco de la mañana 早上八點四十五分

2:05 p.m. **las dos y cinco de la tarde** 下午兩點五分

4:15 p.m. **las cuatro y quince de la tarde** 下午四點十五分
las cuatro y cuarto de la tarde 下午四點十五分

10:00p.m. **las diez en punto de la noche** 晚上十點鐘

小提醒 如果有人詢問：「¿Qué hora es?」（現在幾點鐘？），您可以使用「Es＋時間（單數）」或「Son＋時間（複數）」的句型來回答對方，例如：「Es la una de la madrugada.」（現在是凌晨一點。）或「Son las tres y cinco.」（現在是下午三點五分。）

西語會話開口說 ¡A practicar!

A: ¿A qué hora te duchas?

你幾點洗澡？

B: Me ducho a las seis y media de la mañana.

我早上六點半洗澡。

¿Por qué te quitas el abrigo?

你為什麼把大衣脫掉？

39

Quitarse 脫掉

主詞		動詞變化	主詞		動詞變化
yo	我	me quito	nosotros(as)	我們	nos quitamos
tú	你	te quitas	vosotros(as)	你們	os quitáis
él / ella	他 / 她	se quita	ellos / ellas	他們 / 她們	se quitan
usted	您	se quita	ustedes	您們	se quitan

西班牙語我最行 ¡A hablar!

Me quito el abrigo porque tengo calor.

因為我很熱，所以我把大衣脫掉。

Nosotros nos quitamos los zapatos en la entrada.

我們在入口處脫鞋。

Él se quita la chaqueta en la oficina.

他在辦公室裡脫外套。

馬上開口說西語 ¡Manos a la obra!

Me quito el abrigo.

我把大衣脫掉。

los pantalones 褲子

la falda 裙子

el vestido 洋裝

el abrigo 大衣

los guantes 手套

el traje 西裝

los vaqueros 牛仔褲

la camiseta T恤

la blusa 女士襯衫

la bufanda 圍巾

西語會話開口說 ¡A practicar!

A: ¿Por qué te quitas el abrigo?

你為什麼把大衣脫掉？

B: Es que tengo mucho calor.

是因為我很熱。

A: ¡No te creo! Yo tengo mucho frío.

我不相信妳！我快冷死了。

¿Quién se sienta al lado de Juan? ♪40

誰坐在璜的旁邊？

Sentarse 坐

主詞		動詞變化	主詞		動詞變化
yo	我	me siento	nosotros(as)	我們	nos sentamos
tú	你	te sientas	vosotros(as)	你們	os sentáis
él / ella	他／她	se sienta	ellos / ellas	他們／她們	se sientan
usted	您	se sienta	ustedes	您們	se sientan

西班牙語我最行 ¡A hablar!

Yo me siento al lado de Juan. ¿Estás de acuerdo?

我坐在璜的旁邊。你同意嗎？

Mi primo se sienta en el piso.

我的表弟坐在地板上。（地上的西語也可說成：「**suelo**」。）

Nosotros nos sentamos aquí.

我們坐在這裡。

馬上開口說西語 ¡Manos a la obra!

Yo me siento al lado de Juan. ¿Estás de acuerdo?

我坐在璜的旁邊。你同意嗎？

delante de 在……前面

a la izquierda de 在……左邊

cerca de 在……附近

enfrente de 在……對面

detrás de 在……後面

a la derecha de 在……右邊

lejos de 在……遠處

entre A y B 在A和B之間

您還可以使用下列地方副詞來描述地點，例如：「La carta está debajo de la bolsa.」（信在袋子的下面。）

en 在……裡面

debajo de 在……下面

dentro de 在……之內

alrededor de 在……周圍

encima de / sobre 在……上面

fuera de 在……之外

西語會話開口說 ¡A practicar!

A: ¿Por qué te sientas al lado de Juan?

你為什麼坐在璜的旁邊？

B: Porque él es mi mejor amigo.

因為他是我最好的朋友。

A: Vale.

好的。

¿Qué te gusta hacer los fines de semana?

你週末喜歡做什麼？

41

Gustar 喜歡

主詞為單數名詞或原形動詞：

我喜歡	a mí	me	gusta	el perro la casa
你喜歡	a ti	te		
他喜歡 / 她喜歡 / 您喜歡	a él / a ella / a usted	le		
我們喜歡	a nosotros(as)	nos		viajar
你們喜歡	a vosotros(as)	os		
他們喜歡 / 她們喜歡 / 您們喜歡	a ellos / a ellas / a ustedes	les		

主主詞為複數名詞：

我喜歡	a mí	me	gustan	los gatos las camisas
你喜歡	a ti	te		
他喜歡 / 她喜歡 / 您喜歡	a él / a ella / a usted	le		
我們喜歡	a nosotros(as)	nos		
你們喜歡	a vosotros(as)	os		
他們喜歡 / 她們喜歡 / 您們喜歡	a ellos / a ellas / a ustedes	les		

西班牙語我最行 ¡A hablar!

Me gusta montar en bicicleta. 我喜歡騎腳踏車。

A tu hermano le gusta aquel chaleco. 你的哥哥喜歡那件背心。

A ella le gustan los pasteles de chocolate. 她喜歡巧克力蛋糕。

馬上開口說西語 ¡Manos a la obra!

Me gusta montar en bicicleta.
我喜歡騎腳踏車

nadar 游泳
hacer deporte 運動
escribir poemas 寫詩
escuchar música 聽音樂
ver películas 看電影
cantar 唱歌

A tu hermano le gusta el chaleco.
你的哥哥喜歡背心。

la corbata 領帶
el prensa corbata 領帶夾

A ella le gustan los pasteles de chocolate.
她喜歡巧克力蛋糕。

los pendientes 耳環
las sandalias 拖鞋

西語會話開口說 ¡A practicar!

A: ¿Qué te gusta hacer los fines de semana?
你週末時喜歡做什麼？

B: Me gusta jugar baloncesto con mis amigos.
我喜歡和我的朋友們一起打籃球。

¿Dónde te duele?

你哪裡痛？

42

Doler 痛

主詞為單數名詞：

我痛	a mí	me	duele	la cabeza
你痛	a ti	te		
他痛 / 她痛 / 您痛	a él / a ella / a usted	le		
我們痛	a nosotros(as)	nos		
你們痛	a vosotros(as)	os		
他們痛 / 她們痛 / 您們痛	a ellos / a ellas / a ustedes	les		

主主詞為複數名詞：

我痛	a mí	me	duelen	los ojos
你痛	a ti	te		
他痛 / 她痛 / 您痛	a él / a ella / a usted	le		
我們痛	a nosotros(as)	nos		
你們痛	a vosotros(as)	os		
他們痛 / 她們痛 / 您們痛	a ellos / a ellas / a ustedes	les		

西班牙語我最行 ¡A hablar!

(A mí) me duele el estómago. 我胃痛。

(A él) le duelen las piernas. 他雙腿痛。

Él está resfriado, tiene fiebre y le duele la cabeza.
他感冒了，還有發燒和頭痛。

馬上開口說西語 ¡Manos a la obra!

Me duele el estómago.

我胃痛。

los ojos 眼睛

la nariz 鼻子

la boca 嘴巴

el cuello 脖子

el hombro 肩膀

la mano 手

el pie 腳掌

la rodilla 膝蓋

la espalda 背部

el brazo 手臂

西語會話開口說 ¡A practicar!

A: ¿Qué te pasa?

你怎麼了？

B: No me siento bien.

我覺得不舒服。

A: ¿Dónde te duele?

你哪裡痛？

B: Me duele todo el cuerpo.

我全身疼痛。

¿Qué me traes?

♪43

你帶什麼？

Traer 帶

主詞		動詞變化	主詞		動詞變化
yo	我	traigo	nosotros(as)	我們	traemos
tú	你	traes	vosotros(as)	你們	traéis
él / ella	他 / 她	trae	ellos / ellas	他們 / 她們	traen
usted	您	trae	ustedes	您們	traen

西班牙語我最行 ¡A hablar!

Te traigo un recuerdo hecho a mano.

我帶了一個手工紀念品給你。

Yo traigo el pasaporte en mi mochila.

我背包裡有帶護照。

Ella no trae muchas cosas en su maleta de mano.

她的手提行李沒有帶很多東西。

馬上開口說西語 ¡Manos a la obra!

Te traigo un recuerdo hecho a mano.

我帶了手工紀念品給你。

una crema de noche 晚霜

una crema de manos 護手霜

un gel exfoliante 去角質露

un perfume 香水

una crema de día 日霜

una crema de pies 護足霜

unos polvos para el rostro 粉餅

un tónico 化妝水

una crema de protección solar 防曬乳

un desodorante 除臭劑

西語會話開口說 ¡A practicar!

A: ¿Qué traes en esa bolsa?

你袋子裡帶了什麼？

B: Pues, adivina.

嗯，你猜。

A: ¿Para mí?

是要給我的東西嗎？

B: ¡Claro! ¡Feliz cumpleaños!

沒錯！生日快樂！

西語動詞真簡單 ¡Qué fácil!

♪ 44

acostarse 就寢

despertarse 醒來

encantar 喜愛

molestar 討厭、打擾

sentirse 覺得

Nuestros hijos se acuestan a las diez de la noche.

我們的小孩晚上十點就寢。

Mi abuelo siempre se despierta temprano.

我爺爺總是很早醒來。

Le encantan las canciones de ese cantante.

他喜愛那位歌手的歌。

Les encanta almorzar en aquel restaurante japonés.

他們喜愛在那家日本料理店吃午餐。

Me molesta el olor de ese perfume.

我討厭那種香水的氣味。

Me siento un poco cansado.

我覺得有點累。

西語動詞加油站 ¡Ánimo!

現在時變化反身動詞：

acostarse 就寢

yo	me acuesto	nosotros(as)	nos acostamos
tú	te acuestas	vosotros(as)	os acostáis
él / ella	se acuesta	ellos / ellas	se acuestan
usted	se acuesta	ustedes	se acuestan

despertarse 醒來

yo	me despierto	nosotros(as)	nos despertamos
tú	te despiertas	vosotros(as)	os despertáis
él / ella	se despierta	ellos / ellas	se despiertan
usted	se despierta	ustedes	se despiertan

encantar 喜愛

主詞為單數名詞或原形動詞：

a mí	me	encanta	esa camisa
a ti	te		
a él / a ella / a usted	le		
a nosotros	nos		tomar el sol
a vosotros	os		
a ellos / a ellas / a ustedes	les		

主詞為複數名詞：

a mí	me	encantan	las películas de terror
a ti	te		
a él / a ella / a usted	le		
a nosotros	nos		
a vosotros	os		
a ellos / a ellas / a ustedes	les		

molestar 討厭、打擾

主詞為單數名詞或原形動詞：

a mí	me	molesta	la discriminación
a ti	te		
a él / a ella / a usted	le		
a nosotros	nos		discutir ese tema
a nosotros	os		
a ellos / a ellas / a ustedes	les		

主詞為複數名詞：

a mí	me	molestan	las personas hipócritas
a ti	te		
a él / a ella / a usted	le		
a nosotros	nos		
a vosotros	os		
a ellos / a ellas / a ustedes	les		

sentirse 覺得

yo	me siento	nosotros(as)	nos sentimos
tú	te sientes	vosotros(as)	os sentís
él / ella	se siente	ellos / ellas	se sienten
usted	se siente	ustedes	se sienten

¡Apliquemos lo aprendido!

一起來用西語吧！

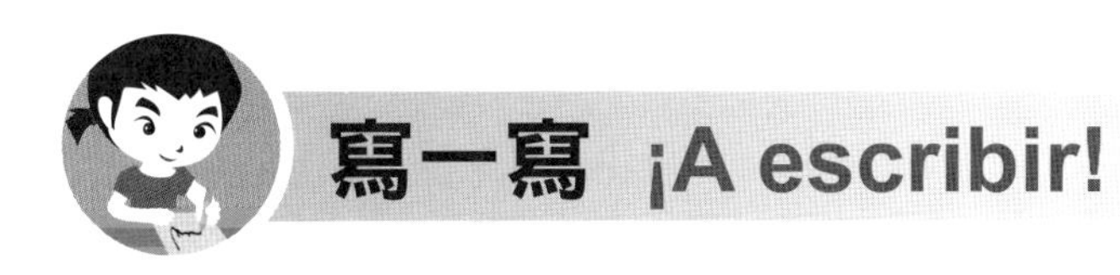

請將下列單字排列成正確的句子。

1. temprano / a veces / mi / se despierta / hermana

____

2. la chaqueta / mi / quita / se / tío

____

3. el olor de / me / perfume / encanta / ese

____

4. siete y media / me / de la mañana / a las / ducho

____

5. duelen / los / le / ojos

____

6. traigo / de noche / una crema / te

____

7. de la noche / nuestros / se / a las once / padres / acuestan

____

8. clásica / gusta / música / me / escuchar

____

聽一聽 ¡A escuchar!

♪ 45

請聆聽光碟中的問題，圈出最適合的回答。

❶ ¿Cuál color le gusta?

1. azul	2. vale	3. nariz

❷ ♪

1. hoy	2. la rodilla	3. plástico

❸ ♪

1. rojo	2. la habitación	3. mi madre

❹ ♪

1. el pie	2. en la cama	3. cantar

❺ ♪

1. pasaporte	2. en coche	3. ocho

❻ ♪

1. a Carmen	2. rojas	3. piernas

¿Qué te gusta hacer los fines de semana?

你週末喜歡做什麼？

（請用西語寫下來）

¡Buen provecho!
請慢用！

Unidad 6

你什麼時候收到禮物？？

學習重點 Recuerda

讓我們一起學習以下六個西班牙語動詞的過去式變化，這些動詞都是屬於過去時規則變化的動詞：

- 6-1 Quedar 碰面、留下、剩下
- 6-2 Comprar 買
- 6-3 Comer 吃
- 6-4 Vender 賣
- 6-5 Recibir 收到、迎接
- 6-6 Escribir 寫

搭配六個動詞，我們還會學習「時間」、「星期」、「餐點」、「寢具」、「蔬果」、「寫作類型」的西班牙語。

最後，我們會延伸學習下面的西語動詞：「lavar」（洗）、「nadar」（游泳）、「gustar」（喜歡）、「comprobar」（檢查）、「empezar」（開始）、「aprender」（學習、學會）、「atender」（服務）、「devolver」（歸還）、「responder」（回覆）、「entender」（了解）、「discutir」（討論）、「asistir」（參加）、「salir」（離開）、「abrir」（打開）、「vivir」（住）、「esperar」（等候）、「limpiar」（打掃、清潔）、「escoger」（選擇）、「compartir」（分享）、「repartir」（分、傳遞）。

西班牙語文法 Gramática

讓我們一起學習以下的西班牙語文法：

◆ 過去時規則動詞變化（Pretérito indefinido）

過去時規則動詞變化 Pretérito indefinido

三組規則變化的西語動詞（字尾為ar、er、ir），搭配不同人稱代名詞的過去時變化如下表：

主詞	動詞字尾是ar	動詞字尾是er	動詞字尾是ir
yo 我	-é	-í	-í
tú 你	-aste	-iste	-iste
él / ella / usted 他 / 她 / 您	-ó	-ió	-ió
nosotros / nosotras 我們（男性）/ 我們（女性）	-amos	-imos	-imos
vosotros / vosotras 你們（男性）/ 妳們（女性）	-asteis	-isteis	-isteis
ellos / ellas / ustedes 他們 / 她們 / 您們	-aron	-ieron	-ieron

（1）表達過去發生的動作或事件，或是提供過去特定時刻發生的事件資訊。

例 **Ellos abrieron sus regalos de navidad en la sala.**

他們在客廳打開他們的聖誕節禮物。

Mi hermana aprendió alemán en la universidad.

我的妹妹在大學學習過德語了。

Los mariachis cantaron en la plaza ayer.

那些墨西哥傳統樂隊昨天在廣場唱歌。

Mi hermano comió una hamburguesa y patatas fritas en el restaurante.

我的弟弟在餐廳吃過漢堡和薯條。

（2）評估過去的事件。

例 **Yo amé mucho a ese chico antes.**

我以前非常愛那個男孩。

Gaudí fue un arquitecto muy famoso.

高迪是一位非常著名的建築師。

過去時常與下列西語一起使用：

anoche 昨晚	**ayer** 昨天
anteayer 前天	**la semana pasada** 上個禮拜
el mes pasado 上個月	**el año pasado** 去年
el semestre pasado 上個學期	**el otro día** 過去的某一天

Ellos se quedaron en casa ayer.

昨天他們待在家。

Mi novio compró un coche nuevo el mes pasado.

上個月我男朋友買了一輛新車。

Él no comió nada anoche.

他昨晚什麼都沒吃。

Mi vecino vendió su casa el año pasado.

我的鄰居去年賣掉了房子。

¿Cómo quedaste con ellos?
你跟他們怎麼約定？

46

Quedar 碰面、留下、剩下

主詞		動詞變化	主詞		動詞變化
yo	我	quedé	nosotros(as)	我們	quedamos
tú	你	quedaste	vosotros(as)	你們	quedasteis
él / ella	他 / 她	quedó	ellos / ellas	他們 / 她們	quedaron
usted	您	quedó	ustedes	您們	quedaron

西班牙語我最行 ¡A hablar!

Quedé a las tres en punto en la entrada del cine.

我約三點在電影院的門口見。

Ellos se quedaron en casa anoche.

昨晚他們留在家。

Le quedan solo cien euros.

他只剩下一百歐元。

馬上開口說西語 ¡Manos a la obra!

Ellos se quedaron en casa anoche.

昨晚他們留在家。

anoche 昨晚

ayer 昨天

anteayer 前天

la semana pasada 上星期

el mes pasado 上個月

el año pasado 去年

hace dos minutos 兩分鐘之前

hace tres horas 三小時之前

hace cuatro días 四天之前

en Navidad 在聖誕節

西語會話開口說 ¡A practicar!

A: Quedé a las siete en la entrada del restaurante.

我約七點在餐廳門口見。

B: ¡Genial! ¿Cuántas personas van?

太棒了！會有幾個人去？

A: María, Carlos, tú y yo.

瑪利亞、卡洛斯、你和我。

B: ¿Y tu esposo?

那妳的先生呢？

A: Él se queda en casa porque tiene que trabajar.

他留在家，因為他要工作。

¿Cuándo compraste la lavadora? 47

你什麼時候買了洗衣機？

Comprar 買

主詞		動詞變化	主詞		動詞變化
yo	我	compré	nosotros(as)	我們	compramos
tú	你	compraste	vosotros(as)	你們	comprasteis
él / ella	他 / 她	compró	ellos / ellas	他們 / 她們	compraron
usted	您	compró	ustedes	您們	compraron

西班牙語我最行 ¡A hablar!

Yo compré la lavadora el lunes.

我禮拜一買了洗衣機。

Mi novia compró un coche nuevo el mes pasado.

上個月我女朋友買了一輛新車。

Ella no compró nada en la tienda libre de impuestos.

她在免稅店什麼都沒買。

馬上開口說西語 ¡Manos a la obra!

Yo compré la lavadora el lunes.

我禮拜一買了洗衣機。

martes 星期二	**miércoles** 星期三
jueves 星期四	**viernes** 星期五
sábado 星期六	**domingo** 星期日

小提醒 要表示每個星期六和星期日，只要在「sábado」和「domingo」字尾加上「s」，寫成「sábados」和「domingos」即可。要表示每個星期一到每個星期五，則字尾不必再加「s」。

西語會話開口說 ¡A practicar!

A: ¡Qué vestido tan lindo! ¿Dónde lo compraste?

好漂亮的洋裝！你在哪裡買的？

B: En esa tienda.

在那家店買的。

A: ¿Lo compraste ayer?

昨天買的嗎？

B: No, lo compré la semana pasada.

不是，我上禮拜買的。

西語動詞真簡單 ¡Qué fácil!

讓我們複習幾個在前面單元學習過的動詞。

這些個動詞的過去時變化如下：

主詞	AR結尾動詞過去時變化
yo 我	é
tú 你	aste
él / ella 他 / 她	ó
usted 您	ó
nosotros(as) 我們	amos
vosotros(as) 你們	asteis
ellos(as) 他們 / 她們	aron
ustedes 您們	aron

現在時：Yo cierro la ventana.

我關上窗戶。

過去時：Yo cerré la ventana anoche.

昨晚我關上窗戶。

小提醒 Unidad 4介紹的現在時不規則變化動詞（需要把動詞的「e」改為「ie」、「o」改為「ue」、「u」改為「ue」），在過去時則不需要做同樣的變化。

lavar 洗

nadar 游泳

gustar 喜歡

comprobar 檢查

empezar 開始

Yo lavé mi ropa sucia en la lavadora el fin de semana.

我週末用洗衣機洗了我的髒衣服。

Tú nadaste en el río ayer.

你昨天在河裡游泳。

A tu prima le gustaron estas sandalias.

你的堂姊喜歡這些拖鞋。

Yo ya comprobé la información del billete aéreo.

我已經檢查了機票的資料。

La conferencia empezó hace una hora.

這個會議在一小時前開始了。

¿Qué comiste?
你吃什麼？

49

Comer 吃

主詞		動詞變化	主詞		動詞變化
yo	我	comí	nosotros(as)	我們	comimos
tú	你	comiste	vosotros(as)	你們	comisteis
él / ella	他 / 她	comió	ellos / ellas	他們 / 她們	comieron
usted	您	comió	ustedes	您們	comieron

西班牙語我最行 ¡A hablar!

Yo comí comida vegetariana ayer.

昨天我吃素食。

Ellos comieron en un restaurante francés la semana pasada.

上個禮拜他們在法國餐廳吃飯。

Él no comió nada anoche.

他昨晚什麼都沒吃。

馬上開口說西語 ¡Manos a la obra!

Yo comí un bistec con ensalada y patatas fritas.

我吃牛排配沙拉和薯條。

el desayuno 早餐	**el almuerzo** 午餐
la cena 晚餐	**arroz** 飯
fideos 麵	**chuletas de cordero** 小羊排
pescado 魚	**mariscos** 海鮮
una hamburguesa 漢堡	**pollo** 雞肉
carne asada 烤肉	**chuletas de cerdo** 豬排

西語會話開口說 ¡A practicar!

A: ¿Ya comiste?

你吃過了嗎？

B: Todavía no. ¿Y tú?

還沒。你呢？

A: Si. Comí con unos amigos en aquel restaurante de la esquina.

吃過了。我和一些朋友在轉角的那家餐廳吃了。

¿Cuándo vendiste tu coche?

你什麼時候賣掉你的車子？

Vender 賣

主詞		動詞變化	主詞		動詞變化
yo	我	vendí	nosotros(as)	我們	vendimos
tú	你	vendiste	vosotros(as)	你們	vendisteis
él / ella	他 / 她	vendió	ellos / ellas	他們 / 她們	vendieron
usted	您	vendió	ustedes	您們	vendieron

西班牙語我最行 ¡A hablar!

Yo vendí mi coche hace dos meses.

我兩個月前賣掉我的車子。

Mi vecino vendió su casa el mes pasado.

我的鄰居上個月賣掉了房子。

Él nos vendió el armario con un veinte por ciento de descuento.

他把櫃子以八折的折扣賣給我們。

馬上開口說西語 ¡Manos a la obra!

Él nos vendió el armario con un veinte por ciento de descuento.

他把櫃子以八折的折扣賣給我們。

la cama 床

el colchón 床墊

la sábana 床單

la cobija 毯子（拉丁美洲）

el edredón 被子

la almohada 枕頭

la funda 枕頭套

el cubrecama 床罩

el espejo 鏡子

la alfombra 地毯

西語會話開口說 ¡A practicar!

A: ¿De quién es este coche?

這輛車子是誰的？

B: Es mío.

是我的。

A: ¿Y qué hiciste con el otro coche?

那另一台車呢？

B: Se lo vendí a mi vecino el mes pasado.

我上個月把它賣給我鄰居了。

西語動詞真簡單 ¡Qué fácil!

讓我們複習幾個在前面單元學習過的動詞。

動詞的過去時變化如下：

主詞	ER結尾動詞過去時變化
yo 我	í
tú 你	iste
él / ella 他 / 她	ió
usted 您	ió
nosotros(as) 我們	imos
vosotros(as) 你們	isteis
ellos(as) 他們 / 她們	ieron
ustedes 您們	ieron

現在時：**Yo enciendo el aire acondicionado.**

我開冷氣。

過去時：**Yo encendí el aire acondicionado.**

我開冷氣了。

小提醒 Unidad 4介紹的現在時不規則變化動詞（需要把動詞的「e」改為「ie」、「o」改為「ue」、「u」改為「ue」），在過去時則不需要做同樣的變化。

aprender 學習、學會

atender 服務

devolver 歸還

responder 回覆

entender 了解

Mi esposo aprendió español en la universidad el año pasado.

我先生去年在大學學習西班牙語。

La azafata nos atendió muy bien durante el viaje.

空姐在旅途中服務得很好。

¡No te preocupes! Yo devolví los libros la semana pasada.

別擔心！我上週就把書還了。

Respondí todos los correos electrónicos esta mañana.

我今天早上回覆了所有的電子郵件。

No entendí. ¿Puedes explicármelo otra vez?

我不懂。你可以再解釋一次嗎?

¿Qué recibiste en tu cumpleaños?

你在你的生日收到了什麼？

♪ 52

Recibir 收到、迎接

主詞		動詞變化	主詞		動詞變化
yo	我	recibí	nosotros(as)	我們	recibimos
tú	你	recibiste	vosotros(as)	你們	recibisteis
él / ella	他 / 她	recibió	ellos / ellas	他們 / 她們	recibieron
usted	您	recibió	ustedes	您們	recibieron

西班牙語我最行 ¡A hablar!

Recibí un pastel de manzana.

我收到了一個蘋果派。

Mi amiga recibió muchos regalos en su cumpleaños.

我的朋友在生日的時候收到了許多禮物。

Ellos nos recibieron en el aeropuerto.

他們來機場接我們 。

馬上開口說西語 ¡Manos a la obra!

Recibí un pastel de manzana.
我收到了一個蘋果派。

chocolate 巧克力

vainilla 香草

zanahoria 紅蘿蔔

melocotón 水蜜桃

limón 檸檬

fresa 草莓

calabaza 南瓜

mango 芒果

cereza 櫻桃

coco 椰子

西語會話開口說 ¡A practicar!

A: ¡Un pastel de manzana!
哇，一個蘋果派！

B: Sí, lo recibí esta mañana.
對呀，我今天早上收到的。

A: ¿Un admirador secreto?
是神祕的仰慕者送的嗎？

B: No, un compañero de universidad me lo regaló.
不是，是一位大學同學送給我的。

¿Qué escribiste en tu Facebook?

53

你在你的臉書寫了什麼？

Escribir 寫

主詞		動詞變化	主詞		動詞變化
yo	我	escribí	nosotros(as)	我們	escribimos
tú	你	escribiste	vosotros(as)	你們	escribisteis
él / ella	他 / 她	escribió	ellos / ellas	他們 / 她們	escribieron
usted	您	escribió	ustedes	您們	escribieron

西班牙語我最行 ¡A hablar!

Yo escribí un poema de amor en mi Facebook.

我在我的臉書寫了一首情詩。

Mi hermano escribió un ensayo sobre la contaminación.

我的哥哥寫了一篇關於污染的論文。

¡Mira! Mi compañero de trabajo me escribió este mensaje.

你看！我的同事寫了這封訊息給我。

馬上開口說西語 ¡Manos a la obra!

Yo escribí un poema de amor.

我寫了一首情詩。

una carta 一封信

un diario 一篇日記

un mensaje 一則留言 / 簡訊

un reporte 一份報告

una canción 一首歌曲

la tarea 一份功課

un documento 一份文件

un correo electrónico 一封電子郵件

西語會話開口說 ¡A practicar!

A: ¡Qué poema tan lindo!

真美的一首詩！

B: ¿Te gusta?

你喜歡嗎？

A: Me encanta. ¿Quién te lo escribió?

我非常喜歡。誰寫給你的？

B: Mi mejor amigo.

我最好的朋友。

西語動詞真簡單 ¡Qué fácil!

讓我們複習幾個在前面單元學習過的動詞。

這些動詞的過去時變化如下：

主詞	IR結尾動詞過去時變化
yo 我	í
tú 你	iste
él / ella 他 / 她	ió
usted 您	ió
nosotros(as) 我們	imos
vosotros(as) 你們	isteis
ellos(as) 他們 / 她們	ieron
ustedes 您們	ieron

現在時：Yo escribo un ensayo.

我寫一篇文章。

過去時：Yo escribí un ensayo anoche.

昨晚我寫了一篇文章。

小提醒 Unidad 4介紹的現在時不規則變化動詞（需要把動詞的「e」改為「ie」、「o」改為「ue」、「u」改為「ue」），在過去時則不需要做同樣的變化。

discutir 討論

asistir 參加

salir 離開

abrir 打開

vivir 住

El gerente discutió este problema con los empleados anoche.

經理昨晚和員工們討論這個問題。

Tú no asististe a la conferencia la semana pasada.

你上禮拜沒有參加會議。

El tren con destino a Madrid salió hace 20 minutos.

往馬德里的火車在二十分鐘前離開了。

Él abrió las cajas inmediatamente para ver las muestras.

他為了看樣品馬上把盒子打開。

Yo viví en Barcelona el año pasado.

我去年住在巴塞隆納。

這裡有更多過去時規則變化動詞和例句：

esperar 等待

limpiar 打掃、清潔

escoger 選擇

compartir 分享

repartir 分、傳遞

Yo te esperé en la recepción hasta las tres de la tarde.

我在櫃台等你到下午三點。

Nosotros limpiamos la casa ayer.

我們昨天打掃了家裡。

Mi sobrino escogió la chaqueta azul.

我的姪子選擇了藍色的夾克。

El estudiante compartió su pastel de cumpleaños con sus compañeros.

學生把他的生日蛋糕分享給他同學。

Mi amigo repartió el pastel entre todos los invitados.

我的朋友把蛋糕分給所有的賓客。

西語動詞加油站 ¡Ánimo!

過去時規則變化動詞：

esperar 等待

yo	esperé	nosotros(as)	esperamos
tú	esperaste	vosotros(as)	esperasteis
él / ella	esperó	ellos / ellas	esperaron
usted	esperó	ustedes	esperaron

limpiar 打掃、清潔

yo	limpié	nosotros(as)	limpiamos
tú	limpiaste	vosotros(as)	limpiasteis
él / ella	limpió	ellos / ellas	limpiaron
usted	limpió	ustedes	limpiaron

escoger 選擇

yo	escogí	nosotros(as)	escogimos
tú	escogiste	vosotros(as)	escogisteis
él / ella	escogió	ellos / ellas	escogieron
usted	escogió	ustedes	escogieron

compartir 分享

yo	compartí	nosotros(as)	compartimos
tú	compartiste	vosotros(as)	compartisteis
él / ella	compartió	ellos / ellas	compartieron
usted	compartió	ustedes	compartieron

repartir 分、傳遞

yo	repartí	nosotros(as)	repartimos
tú	repartiste	vosotros(as)	repartisteis
él / ella	repartió	ellos / ellas	repartieron
usted	repartió	ustedes	repartieron

¡Apliquemos lo aprendido!

一起來用西語吧！

請選出正確答案並寫入括號中。

1. (B) Yo ___ en la piscina ayer.
   a. nadí　　b. nadé　　c. nadó

2. (   ) El camarero nos ___ muy bien.
   a. atendió　　b. atiende　　c. atiendió

3. (   ) Nosotros compramos un pastel de ___ .
   a. colchón　　b. abrigo　　c. zanahoria

4. (   ) Ellos ___ la puerta anoche .
   a. abrieron　　b. abren　　c. abrir

5. (   ) Yo ___ a las cuatro de la tarde .
   a. quedaste　　b. quedé　　c. quedamos

6. (   ) Ellas escribieron el ensayo ___ pasado.
   a. el lunes　　b. el correo　　c. anoche

7. (   ) Me gustó ese ___.
   a. fresa　　b. espejo　　c. lavar

聽一聽 ¡A escuchar!

♪ 55

請聆聽光碟中的問題，圈出最適合的回答。

❶ ¿A qué hora quedaste con ellos?

1. a las cinco	2. coche	3. en la escuela

❷ ♪

1. martes	2. una lavadora	3. dieciocho

❸ ♪

1. cinco	2. en la mañana	3. en la oficina

❹ ♪

1. cuarenta	2. el mes pasado	3. un pastel

❺ ♪

1. con mi esposa	2. anteayer	3. en la casa

❻ ♪

1. sol	2. azul	3. playa

¡Buena suerte!
祝你好運！

Unidad 7

你跟誰去過派對？

學習重點 Recuerda

讓我們一起來學習以下六個西班牙語動詞：

- 7-1 Pagar 付款
- 7-2 Aparcar 停車
- 7-3 Oír 聽到
- 7-4 Pedir 要求
- 7-5 Dormir 睡覺
- 7-6 Traducir 翻譯

搭配六個動詞，我們還會學習「帳單與付款方式」、「停車地點」、「各種訊息」、「生活事項」、「時段與房型」、「各國語言」的西班牙語。

最後，我們會延伸學習下面的西語動詞：「buscar」（找、查）、「explicar」（解釋、說明）、「practicar」（練習）、「colgar」（掛）、「jugar」（玩、打球）、「caerse」（掉、落）、「creer」（相信）、「leer」（讀）、「construir」（製造、建造）、「disminuir」（減少、減小）、「conseguir」（得到）、「divertirse」（享受）、「invertir」（投資）、「preferir」（比較喜歡）、「morir」（死、過世）、「conducir」（駕駛）、「producir」（生產）、「introducir」（介紹）、「realizar」（演出、執行）、「comenzar」（開始）。

西班牙語文法 Gramática

讓我們一起學習以下的西班牙語文法：

- 過去時不規則動詞變化（Pretérito indefinido irregular）

過去時不規則動詞變化
Pretérito indefinido irregular

本單元介紹過去時不規則變化的動詞，這些動詞的變化規則如下：

1. 只有第一人稱代名詞「Yo」才有變化。

（1）動詞字尾的「gar」變化成「gue」

例 **Pagar** 付款 → **pagué**

所以「我付款」不能說成：「Yo pagé」，正確說法是：「Yo pagué」。

相同變化的動詞還有：「llegar」（抵達）、「apagar」（關）、「jugar」（玩、打球）、「negar」（否認）、「colgar」（掛）、「regar」（澆水）、「rogar」（請求）。

（2）動詞字尾的「car」變化成「que」

例 **Aparcar** 停車 → **aparqué**

所以「我停車」不能說成：「Yo aparcé」，正確說法是：「Yo aparqué」。

相同變化的動詞還有：「explicar」（解釋）、「practicar」（練習）、「sacar」（取出、拔出）、「pescar」（釣魚）、「secar」（弄乾、變乾）、「tocar」（摸、彈奏）、「atacar」（攻擊）。

（3）動詞字尾的「zar」變化成「cé」

例 **Realizar** 做、執行 → **realicé**

所以「我做」不能説成：「Yo realizé」，正確説法是：「Yo realicé」。

相同變化的動詞還有：「comenzar」（開始）、「empezar」（開始）、「analizar」（分析）、「rechazar」（拒絕）、「utilizar」（使用、利用）、「cazar」（打獵）、「aplazar」（延遲、延期）、「desplazar」（替換）、「abrazar」（擁抱）。

2. 只有第三人稱代名詞單數和複數才有變化。

（1）「i」變化成「y」

例 **Oír** 聽到 → **oyó**

所以「他聽到 / 他們聽到」不能説成：「Él oió / Ellos oieron」，正確説法是：「Él oyó / Ellos oyeron」。

相同變化的動詞還有：「leer」（讀）、「caer」（掉、落）、「construir」（製造、建造）、「destruir」（摧毀）、「creer」（相信）、「sustituir」（代替）、「disminuir」（減少、減小）、「concluir」（推斷）、「huir」（逃跑）、「influir」（影響）。

（2）「e」變化成「i」

例 **Pedir** 要求 → **pidió**

所以「他向他的媽媽要錢」的正確説法是：「Él le pidió dinero a su mamá」。

相同變化的動詞還有：「divertir」（享受）、「preferir」（比較喜歡）、「servir」（服務）、「seguir」（繼續）、「sentir」

（感覺）、「vestir」（穿著）、「despedir」（解雇、道別）、「conseguir」（得到）、「repetir」（重複）、「competir」（競爭、比賽）、「reírse」（笑）、「sonreír」（微笑）、「invertir」（投資）「sugerir」（建議）、「mentir」（說謊）、「freír」（油炸）、「herir」（傷害）、「impedir」（阻止）。

（3）「o」變化成「u」

例 **Dormir 睡覺 → durmió**

所以「他昨天睡了八個小時」的正確說法是：「Él durmió ocho horas ayer」。

相同變化的動詞還有：「morir」（死）。

3. 所有人稱代名詞的動詞結尾都必須變化。

動詞字尾的「ducir」變成「duje」

例 **Conducir 開車 → conduje**

所以「我昨天開車」的正確說法是：「Yo conduje el coche ayer」，「他們昨天開車」的正確說法是：「Ellos condujeron el coche ayer」。

4. 部分動詞的過去時為完全不規則變化。（詳細規則請見Unidad 8）

這些動詞有：「decir」（告訴）、「estar」（在）、「hacer」（做）、「poder」（可以）、「poner」（放）、「querer」（想要）、「tener」（有）、「venir」（來）、「ir」（去）、「ser」（是）、「andar」（走）、「traer」（帶）、「dar」（給）、「saber」（知道）、「proponer」（建議）。

下個單元會詳細介紹這些過去時完全不規則變化的動詞。

小提醒 常用的西語顏色如下：「rojo」（紅色）、「naranja」（橙色）、「amarillo」（黃色）、「verde」（綠色）、「azul」（藍色）、「blanco」（白色）、「negro」（黑色）、「café」（咖啡色）、「dorado」（金色）、「plateado」（銀色）。

西語的顏色可以當成形容詞使用，並需搭配主詞而有陽性、陰性的變化。例如：「coche rojo」（紅色的車）、「camisa amarilla」（黃色的襯衫）。「naranja、azul、café」這些顏色是例外，不需有任何變化。

小提醒 Unidad 7和Unidad 8都介紹過去時不規則變化動詞，為了使讀者了解過去時的不規則動詞變化形式，作者在這二個單元的例句中假設說話者都在相同的語境中而省略了時間副詞，請您特別留意。可省略的時間副詞請見P.161。

¿Cuándo pagaste la cuenta?

你何時付帳單？

56

Pagar 付款

主詞		動詞變化	主詞		動詞變化
yo	我	pagué	nosotros(as)	我們	pagamos
tú	你	pagaste	vosotros(as)	你們	pagasteis
él / ella	他 / 她	pagó	ellos / ellas	他們 / 她們	pagaron
usted	您	pagó	ustedes	您們	pagaron

西班牙語我最行 ¡A hablar!

Yo pagué la cuenta hace media hora.

我半小時前買單了。

Mi padre pagó el recibo del agua la semana pasada.

我爸爸上個禮拜付了水費。

Ellos pagaron la deuda al contado.

他們以現金支付了貸款。

馬上開口說西語 ¡Manos a la obra!

Mi padre pagó el recibo del agua la semana pasada.

我爸爸上個禮拜付了水費。

el recibo de la luz 電費

el recibo telefónico 電話費

la factura 商業發票

la matrícula 學費

el alquiler 房租

la deuda 貸款

Ellos pagaron al contado.

他們以現金付款。

en efectivo 以現金

con cheque 以支票

con la tarjeta de crédito 用信用卡

西語會話開口說 ¡A practicar!

A: No te preocupes. Ya pagué la cuenta.

不必擔心。我已經結帳了。

B: Muchas gracias. Yo te invito la próxima vez.

非常感謝。下次換我請客。

A: Trato hecho.

一言為定。

¿Dónde aparcaste el coche?
你在哪裡停車？

57

Aparcar 停車

主詞		動詞變化	主詞		動詞變化
yo	我	aparqué	nosotros(as)	我們	aparcamos
tú	你	aparcaste	vosotros(as)	你們	aparcasteis
él / ella	他 / 她	aparcó	ellos / ellas	他們 / 她們	aparcaron
usted	您	aparcó	ustedes	您們	aparcaron

西班牙語我最行 ¡A hablar!

Yo aparqué el coche en la calle Carmen.

我把車停在卡門街。

Nosotros aparcamos un poco lejos.

我們把車停得有點遠。

Él aparcó en un aparcamiento cerca de la plaza de toros.

他把車子停在靠近鬥牛廣場的一座停車場。

馬上開口說西語 ¡Manos a la obra!

Yo aparqué el coche en la calle Carmen.

我把車停在卡門街。

la avenida 大道

el aparcamiento 停車場

el estacionamiento 停車場

el garaje 車庫

小提醒 道路的縮寫如下：

「c.」或「c/」代表「calle」（街）；「avda.」或「av.」代表「avenida」（大道）；「czda.」 代表「calzada」（公路）。

Nosotros aparcamos lejos.

我們把車停得遠。

cerca 近

ahí / allá / allí 那裡

aquí / acá 這裡

西語會話開口說 ¡A practicar!

A: ¿Dónde aparcaste el coche? 你把車停在哪裡？

B: Lo aparqué en el aparcamiento Seguridad.

我把車停在**Seguridad**（安全）停車場。

A: ¿Dónde está? 在哪裡？

B: Está muy cerca. A unos diez minutos andando.

離這裡很近。大概走十分鐘。

西語動詞真簡單 ¡Qué fácil!

buscar 找、查

explicar 解釋、說明

practicar 練習

colgar 掛

jugar 玩、打球

Yo busqué las palabras en el diccionario.

我用字典查單字。

Yo le expliqué matemáticas a mi sobrino anoche.

我昨天晚上向我的侄子解釋數學。

Yo practiqué español con unos amigos ecuatorianos.

我跟一些厄瓜多的朋友練習西班牙語。

Yo colgué la ropa en el armario ayer.

我昨天把衣服掛在衣櫃裡。

Yo jugué baloncesto con mis amigos en el parque ayer.

我昨天和我的朋友們在公園裡打籃球。

西語動詞加油站 ¡Ánimo!

過去時不規則變化動詞：字尾是「ar」

buscar 找、查

yo	busqué	nosotros(as)	buscamos
tú	buscaste	vosotros(as)	buscasteis
él / ella	buscó	ellos / ellas	buscaron
usted	buscó	ustedes	buscaron

explicar 解釋、說明

yo	expliqué	nosotros(as)	explicamos
tú	explicaste	vosotros(as)	explicasteis
él / ella	explicó	ellos / ellas	explicaron
usted	explicó	ustedes	explicaron

practicar 練習

yo	practiqué	nosotros(as)	practicamos
tú	practicaste	vosotros(as)	practicasteis
él / ella	practicó	ellos / ellas	practicaron
usted	practicó	ustedes	practicaron

colgar 掛

yo	colgué	nosotros(as)	colgamos
tú	colgaste	vosotros(as)	colgasteis
él / ella	colgó	ellos / ellas	colgaron
usted	colgó	ustedes	colgaron

jugar 玩、打球

yo	jugué	nosotros(as)	jugamos
tú	jugaste	vosotros(as)	jugasteis
él / ella	jugó	ellos / ellas	jugaron
usted	jugó	ustedes	jugaron

¿Qué oyó tu hermana anteayer?

59

你的姊姊前天聽到什麼？

oír 聽到

主詞		動詞變化	主詞		動詞變化
yo	我	oí	nosotros(as)	我們	oímos
tú	你	oíste	vosotros(as)	你們	oísteis
él / ella	他 / 她	oyó	ellos / ellas	他們 / 她們	oyeron
usted	您	oyó	ustedes	您們	oyeron

西班牙語我最行 ¡A hablar!

Ella oyó un chiste muy divertido.

她聽過一個非常好笑的笑話。

Nosotros ya oímos la nueva canción de Shakira.

我們已經聽過夏奇拉的一首新歌。

No oí bien. ¿Puedes repetir, por favor?

我沒聽清楚。能請你再說一次嗎？

馬上開口說西語 ¡Manos a la obra!

Ella oyó un chiste hace cinco minutos.

她五分鐘之前聽過一個笑話。

una noticia 一則新聞

un(os) ruido(s) （一些）噪音

un chisme 一個八卦

un rumor 一個傳聞、謠言

una voz 一個聲音

una canción 一首歌曲

西語會話開口說 ¡A practicar!

A: ¿Dónde oíste esa noticia?

你在哪裡聽到這個新聞？

B: En la radio.

在廣播聽到的。

A: ¿Cuándo la oíste?

你什麼時候聽到的？

B: Pues anoche alrededor de las dos de la madrugada.

嗯，大約在昨晚凌晨兩點的時候。

西語動詞真簡單 ¡Qué fácil!

60

caerse 掉、落

creer 相信

leer 讀

construir 製造、建造

disminuir 減少、減小

Él se cayó anoche de las escaleras.

他昨晚從樓梯上跌下來。

El ingeniero no nos creyó.

工程師不相信我們。

El jefe leyó el reporte anual de ventas en su oficina.

老闆昨天下午在他的辦公室讀了年度銷售報告。

Mi hermano construyó una casa en las montañas.

我的哥哥在山上建造了一棟房子。

El cliente peruano disminuyó la cantidad del pedido.

祕魯的客戶昨天減少了訂單的數量。

西語動詞加油站 ¡Ánimo!

過去時不規則變化動詞：字尾是「er、ir」

caerse 掉、落

yo	me caí	nosotros(as)	nos caímos
tú	te caíste	vosotros(as)	os caísteis
él / ella	se cayó	ellos / ellas	se cayeron
usted	se cayó	ustedes	se cayeron

creer 相信

yo	creí	nosotros(as)	creímos
tú	creíste	vosotros(as)	creísteis
él / ella	creyó	ellos / ellas	creyeron
usted	creyó	ustedes	creyeron

leer 讀

yo	leí	nosotros(as)	leímos
tú	leíste	vosotros(as)	leísteis
él / ella	leyó	ellos / ellas	leyeron
usted	leyó	ustedes	leyeron

construir 製造、建造

yo	construí	nosotros(as)	construimos
tú	construiste	vosotros(as)	construisteis
él / ella	construyó	ellos / ellas	construyeron
usted	construyó	ustedes	construyeron

disminuir 減少、減小

yo	disminuí	nosotros(as)	disminuimos
tú	disminuiste	vosotros(as)	disminuisteis
él / ella	disminuyó	ellos / ellas	disminuyeron
usted	disminuyó	ustedes	disminuyeron

¿Qué le pediste a tu jefe?

你向你的老闆要求什麼？

61

Pedir 要求

主詞		動詞變化	主詞		動詞變化
yo	我	pedí	nosotros(as)	我們	pedimos
tú	你	pediste	vosotros(as)	你們	pedisteis
él / ella	他 / 她	pidió	ellos / ellas	他們 / 她們	pidieron
usted	您	pidió	ustedes	您們	pidieron

西班牙語我最行 ¡A hablar!

Yo le pedí un aumento de salario la semana pasada.

我上週向他要求加薪。

El ingeniero pidió un préstamo para comprar una casa.

工程師為了要買房子要求貸款。

Él me pidió un favor.

他請求我幫個忙。

馬上開口說西語 ¡Manos a la obra!

Yo le pedí un aumento de salario la semana pasada.

我上週向他要求加薪。

- **dos días de vacaciones** 二天假期
- **el día libre** 休假
- **perdón** 原諒、道歉
- **disculpas** 原諒、道歉

El ingeniero pidió un préstamo.

工程師要求貸款。

- **una tarjeta de crédito nueva** 一張新的信用卡
- **una tarjeta de cajero automático** 一張金融卡
- **una chequera nueva** 一本新支票
- **una reducción en la tasa de interés** 調降利息
- **la apertura de una cuenta de ahorros** 開存款帳戶

西語會話開口說 ¡A practicar!

A: ¿Qué te pidió tu hijo ayer? 你兒子昨天向你要什麼？

B: Él me pidió una carpeta y un cuaderno.
他向我要一個資料夾和一本筆記本。

A: ¿Cuándo se los vas a comprar? 你什麼時候會買給他？

B: Creo que esta tarde. 我想是這個下午。

¿Cuántas horas dormiste ayer? ♪62

你昨天睡了多少小時？

Dormir 睡覺

主詞		動詞變化	主詞		動詞變化
yo	我	dormí	nosotros(as)	我們	dormimos
tú	你	dormiste	vosotros(as)	你們	dormisteis
él / ella	他 / 她	durmió	ellos / ellas	他們 / 她們	durmieron
usted	您	durmió	ustedes	您們	durmieron

西班牙語我最行 ¡A hablar!

Yo dormí cinco horas ayer.

我昨天睡了五個小時。

Ella durmió en una habitación doble.

她在雙人房睡覺了。

Ellos no durmieron bien anoche.

他們昨晚沒睡好。

馬上開口說西語 ¡Manos a la obra!

Yo dormí cinco horas ayer.

我昨天睡了五個小時。

veinte minutos 二十分鐘

todo el día 整天

toda la tarde 整個下午

media hora 半小時

toda la mañana 整個早上

toda la noche 整個晚上

Ella durmió en una habitación doble.

她在雙人房睡覺。

individual / sencilla 單人房

triple 三人房

doble 雙人房

doble con camas individuales 兩張單人床的雙人房

doble con cama matrimonial 一張大床的雙人房

西語會話開口說 ¡A practicar!

A: ¿Qué te pasa? 你怎麼了？

B: Estoy muy cansado. 我很累。

A: ¿Por qué? 為什麼？

B: Es que solo dormí cuatro horas ayer. 是因為我昨天只睡四小時。

西語動詞真簡單 ¡Qué fácil!

conseguir 得到

divertirse 享受

invertir 投資

preferir 比較喜歡

morir 死、過世

Él consiguió una beca para ir a estudiar a España.

他得到一個去西班牙念書的獎學金。

Ellos se divirtieron muchísimo en la fiesta.

他們在派對中玩得很盡興。

Mi hermano invirtió todo su dinero en fondos mutuales.

我的弟弟把他所有的錢投資在基金上。

Mi hermana prefirió aquel anillo de diamantes.

我的妹妹比較喜歡那個鑽石戒指。

Don Francisco murió ayer.

法蘭西斯科先生昨天過世。

西語動詞加油站 ¡Ánimo!

過去時不規則變化動詞：字尾是「ir」

conseguir 得到

yo	conseguí	nosotros(as)	conseguimos
tú	conseguiste	vosotros(as)	conseguisteis
él / ella	consiguió	ellos / ellas	consiguieron
usted	consiguió	ustedes	consiguieron

divertirse 享受

yo	me divertí	nosotros(as)	nos divertimos
tú	te divertiste	vosotros(as)	os divertisteis
él / ella	se divirtió	ellos / ellas	se divirtieron
usted	se divirtió	ustedes	se divirtieron

invertir 投資

yo	invertí	nosotros(as)	invertimos
tú	invertiste	vosotros(as)	invertisteis
él / ella	invirtió	ellos / ellas	invirtieron
usted	invirtió	ustedes	invirtieron

preferir 比較喜歡

yo	preferí	nosotros(as)	preferimos
tú	preferiste	vosotros(as)	preferisteis
él / ella	prefirió	ellos / ellas	prefirieron
usted	prefirió	ustedes	prefirieron

morir 死、過世

yo	morí	nosotros(as)	morimos
tú	moriste	vosotros(as)	moristeis
él / ella	murió	ellos / ellas	murieron
usted	murió	ustedes	murieron

¿Qué tradujiste ayer?

你昨天翻譯了什麼？

64

Traducir 翻譯

主詞		動詞變化	主詞		動詞變化
yo	我	traduje	nosotros(as)	我們	tradujimos
tú	你	tradujiste	vosotros(as)	你們	tradujisteis
él / ella	他 / 她	tradujo	ellos / ellas	他們 / 她們	tradujeron
usted	您	tradujo	ustedes	您們	tradujeron

西班牙語我最行 ¡A hablar!

Yo traduje este documento al chino ayer.

我昨天把這份文件翻譯成中文。

Mi sobrino me tradujo la carta.

我的侄子給我翻譯這封信。

Los estudiantes tradujeron este libro el año pasado.

學生們去年翻譯這本書。

馬上開口說西語 ¡Manos a la obra!

Yo traduje este documento al chino ayer.

我昨天把這份文件翻譯成中文。

- **inglés** 英語
- **francés** 法語
- **portugués** 葡萄牙語
- **alemán** 德語
- **italiano** 義大利語
- **turco** 土耳其語
- **ruso** 俄語
- **chino** 中文
- **coreano** 韓語
- **japonés** 日語
- **tailandés** 泰語
- **vietnamita** 越南語
- **malayo** 馬來語
- **indonesio** 印尼語

西語會話開口說 ¡A practicar!

A: ¿Quién tradujo este documento?

誰翻譯了這份文件？

B: Aquel chico. ¿Por qué?

那個青少年（男）。為什麼？

A: Lo hizo muy bien.

他翻譯得非常好。

西語動詞真簡單 ¡Qué fácil!

65

conducir 駕駛

producir 生產

introducir 介紹

realizar 演出、執行

comenzar 開始

Ellos condujeron doce horas ayer.

他們昨天開了十二小時的車。

Mi esposo condujo desde Tainan hasta Taipei.

我的先生從台南開車到台北。

La fábrica produjo un modelo especial para el mercado español.

工廠為了西班牙市場生產了特定的款式。

Me introdujo en el club de lectura.

他介紹我參加讀書會。

Yo realicé un estudio sobre las obras de Dalí.

我執行了一個關於達利作品的研究。

Yo comencé a estudiar español el año pasado.

我去年開始學習西班牙語。

西語動詞加油站 ¡Ánimo!

過去時不規則變化動詞：字尾是「ir、ar」

conducir 駕駛

yo	conduje	nosotros(as)	condujimos
tú	condujiste	vosotros(as)	condujisteis
él / ella	condujo	ellos / ellas	condujeron
usted	condujo	ustedes	condujeron

producir 生產

yo	produje	nosotros(as)	produjimos
tú	produjiste	vosotros(as)	produjisteis
él / ella	produjo	ellos / ellas	produjeron
usted	produjo	ustedes	produjeron

introducir 介紹

yo	introduje	nosotros(as)	introdujimos
tú	introdujiste	vosotros(as)	introdujisteis
él / ella	introdujo	ellos / ellas	introdujeron
usted	introdujo	ustedes	introdujeron

realizar 演出、執行

yo	realicé	nosotros(as)	realizamos
tú	realizaste	vosotros(as)	realizasteis
él / ella	realizó	ellos / ellas	realizaron
usted	realizó	ustedes	realizaron

comenzar 開始

yo	comencé	nosotros(as)	comenzamos
tú	comenzaste	vosotros(as)	comenzasteis
él / ella	comenzó	ellos / ellas	comenzaron
usted	comenzó	ustedes	comenzaron

¡Apliquemos lo aprendido!
一起來用西語吧！

寫一寫 ¡A escribir!

請用下列提示寫出正確的動詞變化和完整的句子。

例 yo / practicar / inglés / ayer ___Yo practiqué inglés ayer.___

1. mi amigo / pedir / a mí / un bolígrafo / anoche

____

2. yo / pagar / la cuenta / 10 minutos

____

3. mis hermanas / oir / una canción / español

____

4. mi padre / dormir / ocho horas / ayer

____

5. yo / jugar / fútbol / con mis amigos / la semana pasada

____

6. el cliente / disminuir / la cantidad del pedido

____

聽一聽 ¡A escuchar!

♪ 66

請聆聽光碟中的問題，圈出最適合的回答。

❶ ¿Cuántos bolígrafos te pidió?

1. cinco　　2. Manuel　　3. en la escuela

❷ ♪

1. el alquiler　　2. esta tarde　　3. en la tienda

❸ ♪

1. mi tío　　2. calle　　3. ayer

❹ ♪

1. cinco horas　　2. bien　　3. sencilla

❺ ♪

1. nuevo　　2. en el armario　　3. Jorge

❻ ♪

1. es interesante　　2. tres　　3. hoy

¡Que todos tus deseos se hagan realidad!
祝你美夢成真！

Unidad 8

你昨晚在哪裡？

學習重點 Recuerda

讓我們一起學習以下五個西班牙語動詞：

- 8-1 Estar 是、在
- 8-2 Ir 去
- 8-3 Dar 給
- 8-4 Poner 放
- 8-5 Venir 來

搭配五個動詞，我們還會學習「地點」、「職業」、「禮物」、「糕點」、「數量」的西班牙語。

最後，我們會延伸學習下面的西語動詞：「andar」（走）、「caber」（裝、容納）、「decir」（說）、「hacer」（做）、「poder」（能）、「querer」（想要）、「saber」（知道）、「ser」（是）、「tener」（有）、「traer」（帶）。

西班牙語文法 Gramática

這個單元所介紹的動詞，都是屬於過去時完全不規則變化的動詞，讓我們再來複習過去時的西班牙語文法：

◆ 過去時不規則動詞變化（Pretérito indefinido irregular）

過去時不規則動詞變化 Pretérito indefinido irregular

用法

（1）表達過去發生的動作或事件，或是提供過去特定時刻發生的事件資訊。（詳見Unidad 6）

（2）評估過去的事件。（詳見Unidad 6）

（3）常在自傳或故事中使用。

例 **Yo trabajé en Ciudad de México hace dos años.**

我二年前在墨西哥城工作過。

¿Dónde estuviste anoche?

你昨晚在哪裡？

Estar 是、在

主詞		動詞變化	主詞		動詞變化
yo	我	estuve	nosotros(as)	我們	estuvimos
tú	你	estuviste	vosotros(as)	你們	estuvisteis
él / ella	他 / 她	estuvo	ellos / ellas	他們 / 她們	estuvieron
usted	您	estuvo	ustedes	您們	estuvieron

西班牙語我最行 ¡A hablar!

Estuve en la casa de mi compañero anoche.

我昨晚在我同學的家。

Estuvimos con unos amigos japoneses.

我們和日本朋友在一起。

Vosotros estuvisteis muy felices durante la fiesta ayer.

你們昨天在派對中過得很開心。

馬上開口說西語 ¡Manos a la obra!

Estuve en la casa de mi compañero.

我在我同學的家。

el aeropuerto 機場

el hospital 醫院

la estación de bus 車站

el centro comercial 購物中心

el museo 博物館

el cine 電影院

el zoo / el zoológico 動物園

el palacio 皇宮

el castillo 城堡

la plaza 廣場

西語會話開口說 ¡A practicar!

A: ¿Dónde estuviste anoche?

你昨晚在哪裡？

B: Estuve en la biblioteca desde las ocho de la mañana hasta las diez de la noche.

我早上八點到晚上十點都在圖書館。

A: ¿Estudiando?

讀書？

B: Sí, porque tengo tres exámenes la próxima semana.

對，因為我下週有三個考試。

¿Con quién fuiste a la fiesta?
你跟誰去過派對？

68

Ir 去

主詞		動詞變化	主詞		動詞變化
yo	我	fui	nosotros(as)	我們	fuimos
tú	你	fuiste	vosotros(as)	你們	fuisteis
él / ella	他 / 她	fue	ellos / ellas	他們 / 她們	fueron
usted	您	fue	ustedes	您們	fueron

西班牙語我最行 ¡A hablar!

Fui a la fiesta con el abogado anoche.

我昨晚和律師去參加派對。

Fuimos a la exposición de pintura en el Museo de Arte la semana pasada.

我們上禮拜去看美術館的畫展。

Ellos no fueron a la conferencia sobre el taoísmo ayer.

他們昨天沒去關於道教的研討會。

馬上開口說西語 ¡Manos a la obra!

Fui a la fiesta con el abogado.
我和律師去參加派對。

el maestro / la maestra 老師（男 / 女）

el jefe / la jefa 老闆（男 / 女）

el gerente / la gerente 經理（男 / 女）

el vendedor / la vendedora 售貨員（男 / 女）

el funcionario / la funcionaria 公務員（男 / 女）

el juez / la jueza 法官（男 / 女）

Fuimos a la exposición de pintura en el Museo de Arte.
我們去看美術館的畫展。

escultura 雕塑

cerámica 陶瓷

fotografía 攝影

productos 創作

西語會話開口說 ¡A practicar!

A: ¿Con quién fuiste a la fiesta? 你和誰去參加派對？

B: Con mi compañero de universidad. 和我的大學同學。

A: ¿Cómo estuvo la fiesta? 派對怎麼樣？

B: ¡Fantástica! 太棒了！

¿Qué le diste en su cumpleaños?

♪ 69

你在他生日時送給他什麼？

Dar 給

主詞		動詞變化	主詞		動詞變化
yo	我	di	nosotros(as)	我們	dimos
tú	你	diste	vosotros(as)	你們	disteis
él / ella	他 / 她	dio	ellos / ellas	他們 / 她們	dieron
usted	您	dio	ustedes	您們	dieron

西班牙語我最行 ¡A hablar!

Yo le di un rompecabezas en su cumpleaños.

我在他生日時送給他拼圖。

Mi hermana le dio un abrazo.

我的姊姊給他一個擁抱。

Esa compañía ya nos dio un catálogo de sus productos.

那家公司已經給我們一份他們的產品型錄。

馬上開口說西語 ¡Manos a la obra!

Yo le di un rompecabezas en su cumpleaños.

我在他生日時送給他拼圖。

una muñeca 娃娃

un peluche 絨毛玩偶

un juego de dominó 骨牌遊戲棋

un juego de ajedrez 西洋棋

un juego de cartas 撲克牌

un juego de naipes 撲克牌

unos patines 溜冰鞋

Mi hermana le dio un abrazo.

我的姊姊給他一個擁抱。

un beso 一個吻

una sorpresa 一個驚喜

un golpe 一拳

el pésame 慰問

las felicitaciones 祝賀、恭喜

las gracias 感謝

西語會話開口說 ¡A practicar!

A: Cuéntame, ¿qué te dio tu padre en tu cumpleaños?

告訴我，在你生日時你爸爸給你什麼？

B: Me dio esta patineta.

給我這個滑板。

A: ¡Qué linda!

真漂亮！

¿Dónde pusiste el pastel?
你把蛋糕放在哪裡？

♪70

Poner 放

主詞		動詞變化	主詞		動詞變化
yo	我	puse	nosotros(as)	我們	pusimos
tú	你	pusiste	vosotros(as)	你們	pusisteis
él / ella	他 / 她	puso	ellos / ellas	他們 / 她們	pusieron
usted	您	puso	ustedes	您們	pusieron

西班牙語我最行 ¡A hablar!

Yo puse el pastel de cumpleaños en la nevera.

我把生日蛋糕放在冰箱裡。

Nosotros pusimos la ropa sucia en la lavadora.

我們把髒衣服放在洗衣機。

Mi madre puso sus joyas en la caja fuerte.

我的媽媽把她的珠寶放在保險箱。

馬上開口說西語 ¡Manos a la obra!

Yo puse el pastel de cumpleaños en la nevera.

我把生日蛋糕放在冰箱裡。

el pan blanco 白麵包

el pan integral 全麥麵包

la galleta 餅乾

la rosquilla 甜甜圈

la tarta de chocolate 巧克力蛋糕

el arroz con leche 米飯布丁

la magdalena 瑪芬蛋糕（西班牙）

el flan 焦糖蛋奶 / 布丁

el bocadillo 三明治

el queso 起司

西語會話開口說 ¡A practicar!

A: ¿Dónde pusiste el pastel?

你把蛋糕放在哪裡？

B: Lo puse en la nevera.

我把它放在冰箱裡了。

A: Está bien.

好的。

¿ Cuántas personas vinieron a la fiesta?

71

有多少人來過派對？

Venir 來

主詞		動詞變化	主詞		動詞變化
yo	我	vine	nosotros(as)	我們	vinimos
tú	你	viniste	vosotros(as)	你們	vinisteis
él / ella	他 / 她	vino	ellos / ellas	他們 / 她們	vinieron
usted	您	vino	ustedes	您們	vinieron

西班牙語我最行 ¡A hablar!

Quinientas personas vinieron a la fiesta de inauguración.

有五百個人來過開幕典禮。

Vinieron más de ciento cincuenta invitados a la boda de mi hija.

有超過一百五十個貴賓來參加我女兒的婚禮。

Este señor vino a devolver los libros.

這位先生有來還書了。

馬上開口說西語 ¡Manos a la obra!

Quinientas personas vinieron a la fiesta de inauguración.

有五百個人來過開幕典禮。

100	cien	101	ciento uno	110	ciento diez
153	ciento cincuenta y tres	200	doscientos	220	doscientos veinte
300	trescientos	400	cuatrocientos	500	quinientos
600	seiscientos	700	setecientos	800	ochocientos
900	novecientos	1 000	mil	1 005	mil cinco
1 110	mil ciento diez	2 000	dos mil	10 000	diez mil
100 000	cien mil	1 000 000	un millón	5 000 000	cinco millones

Vinieron más de ciento cincuenta invitados a la boda de mi hija.

有超過一百五十個貴賓來參加我女兒的婚禮。

menos de 小於

aproximadamente 大概

alrededor de 大約

西語會話開口說 ¡A practicar!

A: ¿Cuántas personas vinieron a la exposición ayer?

昨天有多少人來過展覽？

B: Vinieron más de ciento cincuenta.

有超過一百五十個人來過。

西語動詞真簡單 ¡Qué fácil!

♪72

andar 走

caber 裝、容納

decir 說

hacer 做

poder 能

querer 想要

saber 知道

ser 是

tener 有

traer 帶

Yo anduve por el sur de Argentina

我沿著阿根廷南部步行。

En la caja no cupieron muchas cosas.

這個箱子放不進很多東西。

María dijo la verdad.

瑪利亞說了實話。

Yo hice ejercicios con mi hermano esta mañana.

我今天早上和哥哥一起去運動。（做運動也可說成：「hacer deporte」。）

Aquel ingeniero no pudo discutir el contrato con su asistente ayer.

那個工程師昨天不能跟他的助理討論合約。

Ella quiso unos pendientes de oro.

她想要一對黃金耳環。

Nosotros quisimos ver esa película.

我們想要去看那部電影。

Él no supo la noticia.

他不知道那個消息。

Él fue un cantante muy famoso.

他曾經是一個很有名的歌手。

Yo tuve una casa muy grande en Caracas.

我在卡拉卡斯有一個很大的房子。

Vosotros tuvisteis mucho miedo ayer.

你們昨天非常害怕。

Nosotros tuvimos que vender el apartamento.

我們必須賣掉這個公寓。

La secretaria trajo unos documentos.

祕書帶了一些文件。

西語動詞加油站 ¡Ánimo!

過去時不規則變化動詞：

andar 走

yo	anduve	nosotros(as)	anduvimos
tú	anduviste	vosotros(as)	anduvisteis
él / ella	anduvo	ellos / ellas	anduvieron
usted	anduvo	ustedes	anduvieron

caber 裝、容納

yo	cupe	nosotros(as)	cupimos
tú	cupiste	vosotros(as)	cupisteis
él / ella	cupo	ellos / ellas	cupieron
usted	cupo	ustedes	cupieron

decir 說

yo	dije	nosotros(as)	dijimos
tú	dijiste	vosotros(as)	dijisteis
él / ella	dijo	ellos / ellas	dijeron
usted	dijo	ustedes	dijeron

hacer 做

yo	hice	nosotros(as)	hicimos
tú	hiciste	vosotros(as)	hicisteis
él / ella	hizo	ellos / ellas	hicieron
usted	hizo	ustedes	hicieron

poder 能

yo	pude	nosotros(as)	pudimos
tú	pudiste	vosotros(as)	pudisteis
él / ella	pudo	ellos / ellas	pudieron
usted	pudo	ustedes	pudieron

querer 想要

yo	quise	nosotros(as)	quisimos
tú	quisiste	vosotros(as)	quisisteis
él / ella	quiso	ellos / ellas	quisieron
usted	quiso	ustedes	quisieron

saber 知道

yo	supe	nosotros(as)	supimos
tú	supiste	vosotros(as)	supisteis
él / ella	supo	ellos / ellas	supieron
usted	supo	ustedes	supieron

ser 是

yo	fui	nosotros(as)	fuimos
tú	fuiste	vosotros(as)	fuisteis
él / ella	fue	ellos / ellas	fueron
usted	fue	ustedes	fueron

tener 有

yo	tuve	nosotros(as)	tuvimos
tú	tuviste	vosotros(as)	tuvisteis
él / ella	tuvo	ellos / ellas	tuvieron
usted	tuvo	ustedes	tuvieron

traer 帶

yo	traje	nosotros(as)	trajimos
tú	trajiste	vosotros(as)	trajisteis
él / ella	trajo	ellos / ellas	trajeron
usted	trajo	ustedes	trajeron

¡Apliquemos lo aprendido!

一起來用西語吧！

寫一寫 ¡A escribir!

連連看。

1. ¿Qué te dio tu amigo? ·	· en el armanio
2. ¿Dónde pusiste la ropa? ·	· esta mañana
3. ¿Cuántas personas vinieron? ·	· muy divertida
4. ¿Cuándo hiciste ejercicio? ·	· unos patines
5. ¿Cómo estuvo la fiesta? ·	· mi primo
6. ¿Quién no supo la noticia? ·	· más de ochenta

聽一聽 ¡A escuchar!

♪ 73

請聆聽光碟中的問題，圈出最適合的回答。

❶ ¿Quién vino ayer?

1. hoy　2. mi cuñado　3. en la habitación

❷ ♪

1. ciento veinte　2. hospital　3. maestro

❸ ♪

1. en el museo　2. escultura　3. peluche

❹ ♪

1. el queso　2. diez mil　3. febrero

❺ ♪

1. armario　2. alrededor　3. de oro

❻ ♪

1. divertido　2. el mes pasado　3. golpe

❼ ♪

1. una crema　2. de plata　3. discutir

¡Más vale tarde que nunca!
亡羊補牢，為時未晚。

Unidad 9

誰正在彈鋼琴？

學習重點 Recuerda

讓我們一起學習以下三個西班牙語動詞：

9-1 Tocar 彈、演奏、摸

9-2 Coger 搭、拿

9-3 Imprimir 列印

搭配三個動詞，我們還會學習「樂器」、「職業」、「星座」的西班牙語。

最後，我們會延伸學習下面的西語動詞：「desayunar」（吃早餐）、「dibujar」（畫）、「escuchar」（聽）、「esperar」（等待）、「estudiar」（學習、研究、念書）、「aprender」（學習、學會）、「beber」（喝）、「correr」（跑步）、「hacer」（做）、「vender」（賣）、「abrir」（打開）、「conducir」（駕駛）、「escribir」（寫）、「recibir」（收到）、「vivir」（住）、「decir」（說）、「dormir」（睡覺）、「ir」（去）、「leer」（閱讀）、「morir」（死）、「oir」（聽）、「pedir」（要求）、「poder」（可以、能）、「sentir」（感覺）、「traer」（帶來）。

西班牙語文法 Gramática

讓我們一起學習以下的西班牙語文法：

◆ 現在進行時（Gerundio）

本單元所學習的三個西語動詞，都是現在進行時規則變化的動詞。另外，還有許多常用的動詞，屬於現在進行時規則變化的動詞或現在時不規則變化的動詞，請您特別留意：

（1）現在進行時規則變化的動詞（字尾為ar、er、ir），例如：

「desayunar」（吃早餐）、「dibujar」（畫）、「escuchar」（聽）、「esperar」（等）、「estudiar」（學習、研究、念書）、「beber」（喝）、「coger」（搭、拿）、「correr」（跑步）、「hacer」（做）、「vender」（賣）、「abrir」（打開）、「conducir」（開車）、「escribir」（寫）、「recibir」（收到）、「vivir」（住）。

（2）現在進行時不規則變化的動詞，例如：

「decir」（說）、「dormir」（睡覺）、「ir」（去）、「leer」（讀）、「morir」（死）、「oír」（聽）、「pedir」（要求）、「poder」（可以）、「sentir」（感覺）、「traer」（帶）。

小提醒 您可以將本單元介紹的現在進行時動詞變化的規則，套用在前面幾個單元所學習過的任何動詞。然而，請特別留意本單元介紹的幾個現在進行時不規則變化的動詞。

現在進行時 Gerundio

現在進行時的動詞變化，寫法如下：

<table>
<tr><th>主詞</th><th>動詞estar的現在時變化</th><th></th><th></th></tr>
<tr><td>yo 我</td><td>estoy</td><td rowspan="6">＋</td><td rowspan="6">動詞的
現在分詞變化
（Gerundio）</td></tr>
<tr><td>tú 你</td><td>estás</td></tr>
<tr><td>él / ella / usted 他 / 她 / 您</td><td>está</td></tr>
<tr><td>nosotros / nosotras 我們（男性）/ 我們（女性）</td><td>estamos</td></tr>
<tr><td>vosotros / vosotras 你們（男性）/ 妳們（女性）</td><td>estáis</td></tr>
<tr><td>ellos / ellas / ustedes 他們 / 她們 / 您們</td><td>están</td></tr>
</table>

三組規則變化的西語動詞，搭配不同人稱代名詞的現在分詞變化如下表：

主詞	動詞字尾是ar	動詞字尾是er	動詞字尾是ir
yo 我	-ando	-iendo	-iendo
tú 你	-ando	-iendo	-iendo
él / ella / usted 他 / 她 / 您	-ando	-iendo	-iendo
nosotros / nosotras 我們（男性）/ 我們（女性）	-ando	-iendo	-iendo
vosotros / vosotras 你們（男性）/ 妳們（女性）	-ando	-iendo	-iendo
ellos / ellas / ustedes 他們 / 她們 / 您們	-ando	-iendo	-iendo

（1）表達談話的時候，正在進行的動作。

例 **Mi amiga está tocando el piano en el auditorio.**

我的朋友正在禮堂彈鋼琴。

La recepcionista está aprendiendo español.

櫃台接待正在學習西班牙語。

Él está imprimiendo la información turística sobre Argentina.

他正在列印阿根廷的旅遊資訊。

（2）遇到反身動詞時，受詞可放在動詞estar之前，或放在現在分詞後並寫在一起，同時注意是否需加上重音符號。

例 **Se está bañando.**

他正在洗澡。

Está bañándose.

他正在洗澡。

Yo le estoy escribiendo una carta a María.

我正在寫一封信給瑪麗亞。

Yo se la estoy escribiendo.

我正在寫一封信給瑪麗亞。

Yo estoy escribiéndosela.

我正在寫一封信給瑪麗亞。

¿Quién está tocando el piano?

誰正在彈鋼琴？

♪74

Tocar 彈、演奏、摸

主詞		主詞	
yo	我	estoy	tocando
tú	你	estás	
él / ella	他 / 她	está	
usted	您	está	
nosotros(as)	我們	estamos	
vosotros(as)	你們	estáis	
ellos / ellas	他們 / 她們	están	
ustedes	您們	están	

西班牙語我最行 ¡A hablar!

Mi amiga está tocando el piano en el auditorio.

我的朋友正在在禮堂演奏鋼琴。

Él está tocando una canción de los años noventa.

他正在演奏九十年代的歌曲。

Los niños están tocando los peluches de la juguetería.

小孩們正在玩具店摸填充娃娃。

馬上開口說西語 ¡Manos a la obra!

Mi amiga está tocando el piano.

我的朋友正在演奏鋼琴。

la guitarra 吉他

el violín 小提琴

el arpa 豎琴

las maracas 沙錘

el clarinete 單簧管

la flauta 長笛

el tambor 鼓

la trompeta 喇叭

la harmónica 口琴

el saxofón 薩克斯風

西語會話開口說 ¡A practicar!

A: ¿Quién está en el auditorio?

誰在禮堂裡面？

B: Ignacio.

伊格納修在裡面。

A: ¿Qué está haciendo?

他正在做什麼？

B: Está tocando el clarinete.

他正在演奏單簧管。

¿Dónde estás cogiendo el metro?

75

你正在哪裡搭捷運？

Coger 搭、拿

主詞		主詞	
yo	我	estoy	cogiendo
tú	你	estás	
él / ella	他 / 她	está	
usted	您	está	
nosotros(as)	我們	estamos	
vosotros(as)	你們	estáis	
ellos / ellas	他們 / 她們	están	
ustedes	您們	están	

西班牙語我最行 ¡A hablar!

Yo estoy cogiendo el metro en la estación Tamsui.

我正在淡水站搭捷運。

Nosotros estamos cogiendo el teleférico.

我們正在搭纜車。

Mi prima está cogiendo unas rosas en el jardín.

我的表妹正在花園採一些玫瑰。

馬上開口說西語 ¡Manos a la obra!

Yo estoy cogiendo el metro.
我正在搭捷運。

el coche 汽車
el autobús 巴士
el tranvía 電車
el avión 飛機
el tren 火車
el barco 船
el ferri 渡輪
el teleférico 纜車

Yo estoy cogiendo el bus en la estación.
我正在車站搭公車。

la parada 站牌
el puerto 港口
el aeropuerto 機場

小提醒 西班牙人會說：「coger el bus」（搭公車），但是「coger」這個字在拉丁美洲代表難聽的髒話，請您特別留意。在拉丁美洲時，您可以改說：「tomar el bus」（搭公車）。

西語會話開口說 ¡A practicar!

A: ¿Dónde estás cogiendo el autobús?
你正在哪裡搭公車？

B: En la parada llamada HOSPITAL.
在叫做HOSPITAL的公車站。

¿Qué estás imprimiendo?

你正在列印什麼？

76

Imprimir 列印

主詞		主詞	
yo	我	estoy	imprimiendo
tú	你	estás	
él / ella	他 / 她	está	
usted	您	está	
nosotros(as)	我們	estamos	
vosotros(as)	你們	estáis	
ellos / ellas	他們 / 她們	están	
ustedes	您們	están	

西班牙語我最行 ¡A hablar!

Yo estoy imprimiendo las características del signo zodiacal Aries.

我在列印白羊座的人格特質資料。

Él está imprimiendo la información turística sobre Guatemala.

他正在列印關於瓜地馬拉的旅遊資訊。

Nosotros estamos imprimiendo el reporte.

我們正在列印報告。

馬上開口說西語 ¡Manos a la obra!

Yo estoy imprimiendo las características del signo zodiacal Aries.

我在列印白羊座的人格特質資料。

Aries 牡羊座	**Tauro** 金牛座
Géminis 雙子座	**Cáncer** 巨蟹座
Leo 獅子座	**Virgo** 處女座
Libra 天秤座	**Escorpión** 天蠍座
Sagitario 射手座	**Capricornio** 魔羯座
Acuario 水瓶座	**Piscis** 雙魚座

西語會話開口說 ¡A practicar!

A: ¿Qué estás haciendo?

你在做什麼？

B: Estoy imprimiendo el horóscopo de hoy.

我正在列印星座今日運勢。

A: ¿Cuál es tu signo zodiacal?

你是什麼星座？

B: Soy Capricornio.

我是魔羯座。

西語動詞真簡單 ¡Qué fácil!

77

現在進行時規則變化動詞：字尾是「ar」

desayunar 吃早餐

dibujar 畫

escuchar 聽

esperar 等待

estudiar 學習、研究、念書

El gerente general está desayunando en la cafetería.

總經理正在咖啡廳吃早餐。

Los niños están dibujando un elefante.

小朋友們正在畫一頭大象。

Ellos están escuchando una canción.

他們正在聽一首歌。

El arquitecto está esperando en la oficina.

建築師正在辦公室裡等候。

Yo estoy estudiando en la biblioteca.

我正在圖書館念書。

現在進行時規則變化動詞：字尾是「er」

aprender 學習、學會

beber 喝

correr 跑步

hacer 做

vender 賣

La recepcionista está aprendiendo a tocar el piano.

櫃台接待正在學習演奏鋼琴。

Este chico está bebiendo un vaso de zumo de naranja.

這個青少年（男）正在喝一杯柳橙汁。

Mi sobrina está corriendo en el parque.

我的姪女正在在公園跑步。

Mis vecinos y yo estamos haciendo deporte en la playa.

我的鄰居和我正在海邊做運動。

Mis amigos están vendiendo su casa.

我的朋友正在出售他們的房子。

現在進行時規則變化動詞：字尾是「ir」

abrir 打開

conducir 駕駛

escribir 寫

recibir 收到

vivir 住

Ellos están abriendo sus regalos de navidad en la sala.

他們正在客廳打開他們的聖誕節禮物。

Mi prima está conduciendo el coche de su jefe.

我的表妹正在開她老闆的車。

Ellos están escribiendo la tarea.

他們正在寫功課。

Mi compañero de oficina está recibiendo muchos correos electrónicos.

我辦公室的同事正在收許多電子郵件。

Estoy viviendo en la casa de mi tío.

我正住在我叔叔的家。

西語動詞加油站 ¡Ánimo!

現在進行時規則動詞變化：

<table>
<tr><th>主詞</th><th colspan="2">動詞變化</th></tr>
<tr><td>yo</td><td>estoy</td><td rowspan="8">desayunando
dibujando
escuchando
esperando
estudiando
aprendiendo
bebiendo
corriendo
haciendo
vendiendo
abriendo
conduciendo
escribiendo
recibiendo
viviendo</td></tr>
<tr><td>tú</td><td>estás</td></tr>
<tr><td>él / ella</td><td>está</td></tr>
<tr><td>usted</td><td>está</td></tr>
<tr><td>nosotros(as)</td><td>estamos</td></tr>
<tr><td>vosotros(as)</td><td>estáis</td></tr>
<tr><td>ellos / ellas</td><td>están</td></tr>
<tr><td>ustedes</td><td>están</td></tr>
</table>

西語動詞真簡單 ¡Qué fácil!

78

現在進行時不規則變化動詞：

decir 說

dormir 睡覺

ir 去

leer 閱讀

morir 死

oír 聽

pedir 要求

poder 可以、能

sentir 感覺

traer 帶來

¡No le creas! Él no está diciendo la verdad.
別相信他！他沒有在說實話。

Él está durmiendo. ¿Puedes llamarle más tarde?
他正在睡覺。你可以晚一點打給他嗎？

Nosotros estamos yendo a la playa. 我們正要去海灘。

Lo siento. Estoy ocupada. Le estoy leyendo el cuento “La Cenicienta” a mi hija.
抱歉。我正在忙。我正在讀灰姑娘給我女兒聽。

Estoy muy triste. Mi perro se está muriendo y no puedo hacer nada para ayudarlo.
我很難過。我的狗已經不行了，而我卻沒有辦法幫它做任何事。

Mi hija está oyendo música en su habitación.
我女兒正在她的房間裡聽音樂。

El estudiante le está pidiendo una carta de recomendación al profesor.
學生正在請教授幫他寫一封推薦信。

西語動詞加油站 ¡Ánimo!

現在進行時不規則動詞變化：

原形動詞	現在進行時	
decir	diciendo	說
dormir	durmiendo	睡覺
ir	yendo	去
leer	leyendo	閱讀
morir	muriendo	死
oir	oyendo	聽
pedir	pidiendo	要求
poder	pudiendo	可以、能
sentir	sintiendo	感覺
traer	trayendo	帶來

¡Apliquemos lo aprendido!
一起來用西語吧！

請選出正確答案並寫入括號中。

1. (B) Mi amigo ______ tocando el violín en su habitación.
   a. estoy　　b. está　　c. es

2. (　) Nosotros estamos ______ el reporte.
   a. imprimendo　　b. imprimo　　c. imprimiendo

3. (　) Él está ______ en el salón.
   a. durmiendo　　b. dormiendo　　c. dormendo

4. (　) Yo estoy ______el reporte.
   a. leiendo　　b. leyendo　　c. leando

5. (　) Ellos están______ la verdad.
   a. duciendo　　b. deciendo　　c. diciendo

6. (　) Nuestro primo está ______en el restaurante.
   a. comiendo　　b. comando　　c. cumiendo

聽一聽 ¡A escuchar! ♪79

請聆聽光碟中的問題，圈出最適合的回答。

❶ ¿Quién está tocando el piano?

1. en el teatro　　2. ahora　　3. mi amigo

❷ ♪

1. todos los días　　2. en mi habitación　　3. con Carlos

❸ ♪

1. en la agencia　　2. mañana　　3. porque no tengo dinero

❹ ♪

1. leyendo la lección　　2. Mario　　3. en la casa

❺ ♪

1. ahora　　2. un millón　　3. Banco Nacional

❻ ♪

1. un poema　　2. en la universidad　　3. mi hermana

附錄

一起來用西語吧！

解答

Unidad 1

寫一寫 ¡A escribir!

請寫出下列名詞或形容詞的西班牙語。

例 愛 amor

錢	dinero	小的	pequeño
銀行	banco	馬	caballo
杯子	vaso	襯衫	camisa
鳳梨	piña	城市	ciudad
教堂	iglesia	家庭	famillia

聽一聽 ¡A escuchar!

請聆聽光碟中的問題，圈出最適合的回答。

❶	(1. vaca)	2. vaso	3. bien
❷	1. boca	(2. banco)	3. bebé
❸	(1. coche)	2. noche	3. cheque
❹	1. piña	2. precio	(3. pagar)
❺	1. familia	(2. iglesia)	3. tiempo
❻	1. manzana	2. maleta	(3. camisa)

Unidad 2

寫一寫 ¡A escribir!

Presentación personal 自我介紹

Yo soy ___María___.

Mi apellido es ___Lin___.

Yo soy ___estudiante de español___.

Yo soy de ___Taipei___.

Mi número de teléfono es ___09 31 27 86 45___.

Mi correo electrónico es ___amiga@hola.com___.

Mi dirección es ___Avenida Ho Ping, número 22, tercer piso, puerta 23___.

Unidad 3

寫一寫 ¡A escribir!

請按照不同人稱，寫出下列動詞的現在時變化。

beber (tú) ___bebes___

escuchar (él) ___escucha___

comprender (yo) ___comprendo___

cubrir (ellos) ___cubren___

discutir (yo) ___discuto___

abrir (nosotros) ___abrimos___

nadar (usted) ___nada___

estudiar (ella) ___estudia___

asistir (vosotros)	asistís	aprender (él)	aprende
hacer (yo)	hago	trabajar (usted)	trabaja
coger (tú)	coges	responder (yo)	respondo
ofrecer (yo)	ofrezco	vivir (nosotros)	vivimos
escribir (usted)	escribe	salir (yo)	salgo

聽一聽 ¡A escuchar!

請聆聽光碟中的問題，圈出最適合的回答。

❶ ¿Cuándo escuchas música?
1. todos los días 2. Juan y yo 3. en el parque

❷ ¿Quién estudia español?
1. hoy 2. en el aeropuerto 3. mi tío

❸ ¿Cuántos vasos de agua bebes?
1. tres vasos 2. en la piscina 3. cinco horas

❹ ¿Dónde vive?
1. en Taipei 2. todas las tardes 3. portugués

❺ ¿Con quién hace deporte?
1. en la escuela 2. con sus amigos 3. inglés

❻ ¿Qué países conoces?
1. México y Cuba 2. hoy 3. francés

Unidad 4

寫一寫 ¡A escribir!

閱讀下面的句子，正確的句子請填0，錯誤的句子請填X。

1. (X) Ella volve a las tres de la tarde. 正確：vuelve
2. (0) Ella cuelga una pintura de Picasso.
3. (0) Yo elijo este coche porque es más grande.
4. (X) Yo almorzo con mis compañeros. 正確：almuerzo
5. (X) Tú correges la tarea de tu hijo. 正確：corriges
6. (0) Nosotros dormimos en la habitación sesenta.
7. (X) Tengo que devuelvo los libros. 正確：devolver
8. (0) Ellos no quieren beber vino ahora.
9. (X) La película empeza a las ocho de la noche. 正確：empieza
10. (0) Mi primo prefiere las chaquetas de algodón.

聽一聽 ¡A escuchar!

請聆聽光碟中的問題，圈出最適合的回答。

❶ ¿En quién piensas?

1. en mi novia (circled)　　2. hoy　　3. en el restaurante

❷ ¿Cuál prefiere?

1. en mi amigo 2. el anillo de oro 3. todos los días

❸ ¿Quién enciende la radio?

1. todos los días 2. en la cocina 3. María

❹ ¿Dónde almorzamos?

1. hoy 2. lámpara 3. en el restaurante

❺ ¿Cuándo volvéis?

1. ocho libros 2. cinco euros 3. en diciembre

❻ ¿Cuántas personas duermen ahí?

1. diez personas 2. a las siete 3. plástico

Unidad 5

寫一寫 ¡A escribir!

請將下列單字排列成正確的句子。

1. Mi hermana a veces se despierta temprano.
2. Mi tío se quita la chaqueta.
3. Me encanta el olor de ese perfume.
4. Me ducho a las siete y media de la mañana.
5. Le duelen los ojos.
6. Te traigo una crema de noche.
7. Nuestros padres se acuestan a las once de la noche.
8. Me gusta escuchar música clásica.

聽一聽 ¡A escuchar!

請聆聽光碟中的問題，圈出最適合的回答。

❶ ¿Cuál color le gusta?

1. azul　　2. vale　　3. nariz

❷ ¿Dónde te duele?

1. hoy　　2. la rodilla　　3. plástico

❸ ¿Quién se ducha temprano en tu casa?

1. rojo　　2. la habitación　　3. mi madre

❹ ¿Dónde te acuestas?

1. el pie　　2. en la cama　　3. cantar

❺ ¿Cuántos recuerdos traes?

1. pasaporte　　2. en coche　　3. ocho

❻ ¿A quién le encantan las rosas?

1. a Carmen　　2. rojas　　3. piernas

¿Qué te gusta hacer los fines de semana?
你週末喜歡做什麼？

Yo estudio español porque me gustan las canciones de Ricky Martin, Shakira y Enrique Iglesias. También me gusta cantar esas canciones con mis amigos en el KTV.

Me gustan las películas de España. Pienso que son muy interesantes y puedo aprender sobre las costumbres de los españoles.

Me gusta comprar recuerdos en las tiendas. Yo sueño con colgar todos esos recuerdos en mi habitación.

我學習西班牙語，因為我喜歡瑞奇馬丁、夏奇拉和安立奎的歌曲。我也喜歡跟我的朋友們在KTV唱那些歌。

我喜歡西班牙的電影。我覺得這些電影很有趣，而且我也可以了解西班牙人的習俗。

我喜歡在商店購買紀念品。我夢想把那些紀念品掛在我的房間。

Unidad 6

寫一寫 ¡A escribir!

請選出正確答案並寫入括號中。

1. (B) Yo _nadé_ en la piscina ayer.

2. (A) El camarero nos atendió muy bien.

3. (C) Nosotros compramos un pastel de zanahoria .

4. (A) Ellos abrieron la puerta anoche .

5. (B) Yo quedé a las cuatro de la tarde .

6. (A) Ellas escribieron el ensayo el lunes pasado.

7. (B) Me gustó ese espejo .

請聆聽光碟中的問題，圈出最適合的回答。

❶ ¿A qué hora quedaste con ellos?

1. a las cinco　　2. coche　　3. en la escuela

❷ ¿Qué compró tu mamá?

1. martes　　2. una lavadora　　3. dieciocho

❸ ¿Cuántas personas comieron pollo ayer?

1. cinco　　2. en la mañana　　3. en la oficina

❹ ¿Qué recibiste en tu cumpleaños?

1. cuarenta un　　2. el mes pasado　　3. un pastel

❺ ¿Con quién discutiste el problema?

1. con mi esposa　　2. anteayer　　3. en la casa

❻ ¿Qué color escogió?

1. sol　　2. azul　　3. playa

Unidad 7

寫一寫 ¡A escribir!

請用下列提示寫出正確的動詞變化和完整的句子。

1. Mi amigo me pidió un bolígrafo anoche.
2. Yo pagué la cuenta hace 10 minutos.
3. Mis hermanas oyeron una canción en español.
4. Mi padre durmió ocho horas ayer.
5. Yo jugué fútbol con mis amigos la semana pasada.
6. El cliente disminuyó la cantidad del pedido.

聽一聽 ¡A escuchar!

請聆聽光碟中的問題，圈出最適合的回答。

❶ ¿Cuántos bolígrafos te pidió?

1. cinco　　2. Manuel　　3. en la escuela

❷ ¿Qué pagó tu mamá?

1. el alquiler　　2. esta tarde　　3. en la tienda

❸ ¿Quién aparcó el coche aquí?

1. mi tío　　2. calle　　3. ayer

❹ ¿En qué tipo de habitación durmió tu padre?

1. cinco horas　　2. bien　　3. sencilla

❺ ¿Dónde colgaste el traje?

1. nuevo 2. en el armario 3. Jorge

❻ ¿Cuántas personas leyeron el artículo?

1. es interesante 2. tres 3. hoy

Unidad 8

寫一寫 ¡A escribir!

連連看。

1. ¿Qué te dio tu amigo?
2. ¿Dónde pusiste la ropa?
3. ¿Cuántas personas vinieron?
4. ¿Cuándo hiciste ejercicio?
5. ¿Cómo estuvo la fiesta?
6. ¿Quién no supo la noticia?

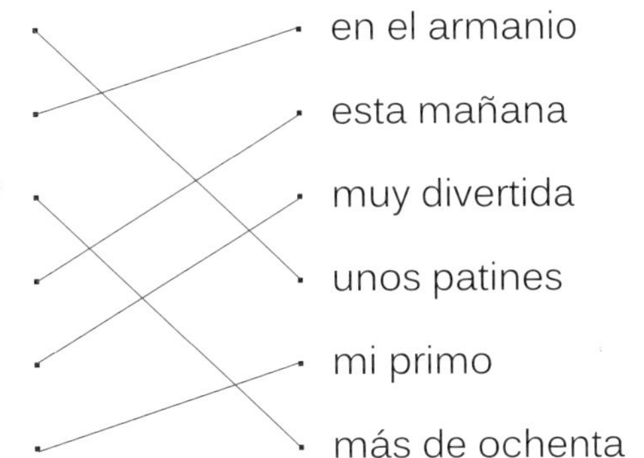

- en el armanio
- esta mañana
- muy divertida
- unos patines
- mi primo
- más de ochenta

聽一聽 ¡A escuchar!

請聆聽光碟中的問題，圈出最適合的回答。

❶ ¿Quién vino ayer?

1. hoy 2. mi cuñado 3. en la habitación

❷ ¿Cuántos libros trajo?

1. ciento veinte 2. hospital 3. maestro

❸ ¿Dónde estuviste?

1. en el museo　　2. escultura　　3. peluche

❹ ¿Qué pusiste en la nevera?

1. el queso　　2. diez mil　　3. febrero

❺ ¿Qué tipo de pendientes quiso?

1. armario　　2. alrededor　　3. de oro

❻ ¿Cuándo fuiste a Japón?

1. divertido　　2. el mes pasado　　3. golpe

❼ ¿Qué le diste a tu madre?

1. una crema　　2. de plata　　3. discutir

Unidad 9

寫一寫 ¡A escribir!

請選出正確答案並寫入括號中。

1. (B) Mi amigo está tocando el violín en su habitación.
2. (C) Nosotros estamos imprimiendo el reporte.
3. (A) Él está durmiendo en el salón.
4. (B) Yo estoy leyendo el reporte.
5. (C) Ellos están diciendo la verdad.
6. (A) Nuestro primo está comiendo en el restaurante.

聽一聽 ¡A escuchar!

請聆聽光碟中的問題，圈出最適合的回答。

❶ ¿Quién está tocando el piano?

1. en el teatro. 2. ahora. 3. mi amigo.

❷ ¿Dónde estás escuchando música?

1. todos los días 2. en mi habitación 3. con Carlos

❸ ¿Por qué estás vendiendo tu coche?

1. en la agencia 2. mañana. 3. porque no tengo dinero.

❹ ¿Qué estás haciendo?

1. leyendo la lección. 2. Mario. 3. en la casa.

❺ ¿Cuánto dinero estás pidiendo?

1. ahora 2. un millón 3. Banco Nacional

❻ ¿Qué estás escribiendo?

1. un poema. 2. en la universidad. 3. mi hermana.

國家圖書館出版品預行編目資料

大家的西班牙語A1　全新修訂版 /
José Gerardo Li Chan 著、Esteban Huang 譯
--修訂初版--臺北市：瑞蘭國際, 2016.02
272面；17 x 23公分 --（繽紛外語系列；55）
ISBN：978-986-5639-57-0（平裝附光碟片）
1.西班牙語 2.會話

804.788　　105000424

繽紛外語系列 55

大家的西班牙語 全新修訂版 A1

iHola! Español para todos

作者｜José Gerardo Li Chan・譯者｜Esteban Huang・責任編輯｜葉仲芸、王愿琦
校對｜José Gerardo Li Chan、Esteban Huang、葉仲芸、王愿琦

西語錄音｜José Gerardo Li Chan、鄭燕玲・錄音室｜采漾錄音製作有限公司
封面、版型設計、內文排版｜余佳憓・美術插畫｜Ruei Yang

董事長｜張暖彗・社長兼總編輯｜王愿琦・主編｜葉仲芸
編輯｜潘治婷・編輯｜紀珊・編輯｜林家如・設計部主任｜余佳憓
業務部副理｜楊米琪・業務部專員｜林湲洵・業務部專員｜張毓庭

出版社｜瑞蘭國際有限公司・地址｜台北市大安區安和路一段104號7樓之1
電話｜(02)2700-4625・傳真｜(02)2700-4622・訂購專線｜(02)2700-4625
劃撥帳號｜19914152 瑞蘭國際有限公司・瑞蘭網路書城｜www.genki-japan.com.tw

總經銷｜聯合發行股份有限公司・電話｜(02)2917-8022、2917-8042
傳真｜(02)2915-6275、2915-7212・印刷｜宗祐印刷有限公司
出版日期｜2016年02月修訂初版1刷・定價｜380元・ISBN｜978-986-5639-57-0

瑞蘭國際

瑞蘭國際